再会したセフレは他人《ひと》の愛人になってました

愁堂れな

幻冬舎ルチル文庫

CONTENTS ✦目次✦

再会したセフレは他人の愛人になってました

✦カバーデザイン＝chiaki-k（コガモデザイン）
✦ブックデザイン＝まるか工房

イラスト・金ひかる✦

再会したセフレは他人《ひと》の愛人になってました

1

人生に『もしも』はない。

映画や小説のように、過去に戻ってやり直す、なんてことは現実にできるはずもないし、たとえできたとしても、昔に遡《さかのぼ》って同じことを繰り返すなんて、正直面倒くさい。

こうした性格だからこそ、他人から見たら『不幸』にしか思えないであろう現況を、そこそこ受け入れられているのかもしれないが。

神保町駅近くの古びた三階建てのビルの三階にあるここ『山下《やました》探偵事務所』が新しい職場となって今日でちょうどひと月か、と、俺は今や『我が城』となった事務所をぐるりと見渡した。

約一ヶ月前まで俺の職場は桜田門にあった。警視庁捜査一課所属の刑事。それが俺の前職である。

それがなぜ、探偵事務所を開所することになったかというと、早い話が警察をクビになったのだ。

別に警察官としてあるまじきことをしたわけではない。それが証拠に、辞め方は懲戒免職ではなく『自主退職』だった。

ではなぜ警察を辞めざるを得なくなったかというと——その『理由』となった男が、

「よぉ、響一《きょういち》」

と今日も笑顔で事務所にやってきた。

一目でカタギではないとわかる彼の名は甲斐基《かいもとき》。関東では、一、二を争う規模の広域暴力団『龍星会《りゅうせいかい》』の若頭——いわゆるナンバー2である。

百八十センチ超の長身、オールバックにサングラス、身につけているのはイタリアブランドの高級スーツ、と外見からしていかにもなインテリヤクザである。顔立ちは俳優なみに整っており、本人曰《いわ》く不動の『抱かれたい極道ナンバーワン』とのことだが、あながち嘘《うそ》ではないと思われる。

警察官とヤクザ。相容《あいい》れない職業の彼と俺は、幼稚園から高校まで同じという、所謂《いわゆる》幼馴染《おさなじ》みなのだった。実家も隣同士である。

「相変わらず暇そうだなあ」

勝手知ったる、とばかりにバックヤードへと真《ま》っ直《す》ぐ向かった彼が、冷蔵庫からビールを二缶取り出し戻ってくる。

ほら、と差し出された銀色の缶は、甲斐からの『開所祝い』だった。このビールだけじゃない。ビールの入った冷蔵庫もコーヒーメーカーも、そして俺が座るデスクも目の前の高級品に違いない応接セットも、キャビネット内にあるビデオカメラからボイスレコーダーに至るまで――更に言えばこの事務所自体が甲斐からの『開所祝い』である。

「まだ営業時間内だ」

「固いこと言わずに飲もうぜ。営業時間って夜七時までだろ？　あと十分もないじゃねえか」

腕時計をちらと見ながら甲斐が、ほら、と尚《なお》もスーパードライを差し出す。時計はフランクミュラー、スーツはゼニア、と、景気のいいことが一目でわかる高級品を彼は常に身につけている。どうやらヤクザというのは俺が認識している以上に儲《もう》かるようだ。

「営業時間中に飲酒するような探偵に仕事を頼みたいと思うか？」

「そういうことは依頼人が来てから心配しろよ」

言ってる傍《そば》から甲斐はプルタブを開け、ビールをごくごくと飲み干したあとに、十分後までは絶対開けるまいと缶をデスクに置いた俺を見て、やれやれ、と肩を竦《すく》める。

「仕事も最初はコッチで斡旋《あっせん》するって言ってるだろう？　どうして断るかね」

「ここまでお膳立《ぜんだ》てしてもらっているのに、これ以上お前を頼るわけにはいかないよ」

至れり尽くせりがすぎる。さすがに申し訳ない、と告げた俺の前で、それまでへらへらしていた甲斐が不意に真面目《まじめ》な顔になる。

「申し訳ないのはコッチだ。ガキの頃《ころ》からの夢だった刑事を、俺のせいで辞めることになったんだから」

Asahi
生

本当に申し訳ない、と甲斐が深く頭を下げる。彼にはこうして何回詫《わ》びられたことか。数え切れない、と、俺はそのたびに繰り返している言葉を今日も告げた。

「お前のせいじゃないよ。警察の頭が固いんだ」

「いや、俺が警察でもヤクザの友達がいる刑事はどうかと思うぞ」

真面目な顔のまま甲斐がそう、突っ込んでくる。

「お前がそれを言うなよな」

思わず噴き出してしまったが、甲斐のほうは笑うどころではなく、心底申し訳なさそうな顔をしていた。

彼の言うとおり、俺が警察を辞める理由となったのが、いわゆる内部告発で、内容は俺と甲斐の間に癒着があるというものだった。

内部告発者は匿名とのことだったが、おおかたのあたりはつけていた。二十八歳という若さで本庁勤務になった俺をやっかんでいた警察学校の同期の誰かではないかと思う。

上司から関係を問い質《ただ》され、幼馴染みだと答えたところ、それでも問題だと言われた挙げ句、組織犯罪対策部からは、罠《わな》でもなんでもしかけて甲斐逮捕に協力せよと言われ、それで辞表を出したのだった。

同僚の足を引っ張る陰湿なやり方にも、ヤクザとの関係を問題にした上で、卑怯《ひきょう》な手段で友人を逮捕させようとした警察組織にも、ほとほと嫌気が差してしまったのだ。

甲斐本人には当然ながらそんな話はしなかったし、彼とは俺が警察官になって以来、もう何年も会っていなかった。にもかかわらず、どういう手段を使ったのか甲斐はそれを聞きつけたらしく、俺が警察を辞めたその日に、真《ま》っ青《さお》になって駆けつけてきたのだった。

久々に再会した甲斐は、押しも押されもしないヤクザの大幹部然という姿になっていたが、中身は子供の頃から少しも変わっておらず、友情に厚く、そして超がつくほどお節介なままだった。

考えなしに警察を辞めた俺の再就職先を本人以上に案じてくれた彼は、どこへいってもヤクザの幼馴染みがいることがわかればまた問題になるだろうから、いっそ自分で事業を始めたらどうだ？　もと刑事なら探偵なんかは？　そうだ、神保町にいい出物があったから、そこで探偵事務所をやるといい――と、あれよあれよという間にすべてを手配し、この神保町のビルを借りてくれた、というわけだった。

責任を感じる必要はないと断り倒したものの、既に部屋は借りてしまっているし、警察の寮に入っていた俺は住むところから探さねばならない状況であったこともあって、結局、申し訳ないと思いつつも甲斐の厚意を受けることにした。

しかし顧客まで紹介してもらうのはさすがにいきすぎである。一日も早く自力で稼ぎ、せめてここの家賃くらいは払えるようにしたい。

そしてバイト料も、と考えたそのとき、

「お疲れッス」

の声と共にドアが開き、経理と事務を担当してくれている長谷川白龍《はせがわはくりゅう》が戻ってきた。

「若頭！」

ドアの前は受付があり、目隠しとして磨《す》りガラスの衝立《ついたて》が置いてある。それを回り込んで中へと足を踏み入れた途端、それまで死んだ魚のような目をしていた長谷川の表情が一気に輝き、飼い主を見付けた犬さながらに甲斐へと駆け寄っていった。

「何してた、白龍」

しかし甲斐に睨《にら》まれると途端にしゅんとなり、その場で指でも詰めそうな追い込まれた顔になる。

「す、すいやせん。事務所内は禁煙っつうんで、所長の住居スペースで吸わしてもらってたんです」

「なんだと⁉」

それを聞き、甲斐はなぜか激高した。

「てめえ、所長の私室に出入りしてるだと⁉」

「ひっ」

「おい、甲斐」

鬼のような顔になった甲斐を前に悲鳴を上げ、ガタガタと震え始めた長谷川を見ては黙っていられず、一体どうした、と俺は二人の間に割って入った。

「俺が煙草《たばこ》は家で吸ってくれと頼んだんだ。事務所内は禁煙にしたほうがいいと、お前が言ったんだろうが」

「だからって易々《やすやす》と他人を家に入れるなよ」

甲斐は俺にもむっとしているようだ。

「他人って大切な弟分じゃないのか」

「それは……っ」

ここで甲斐が、うっと言葉に詰まる。

「弟分なんてとんでもない。若頭は俺にとって雲の上の人ですから……っ」

慌てたように修正を入れてくる長谷川は、事務所同様、甲斐が俺のために用意してくれた彼の組の若い衆だった。

帳簿がつけられること、かつ、客商売ゆえ見た目がヤクザっぽくないこと、加えて見てくれはいいほうがいい、という観点で甲斐がセレクトしたという長谷川は、確かに黙っていれば、ハンサムかつ上品な会社員に見えた。が、喋《しゃべ》ると途端に馬脚を現す。

「とにかく、二度とプライベート空間に足を踏み入れるんじゃねえ。わかったな？」

「わ、わかりやした……」

不機嫌な顔のまま甲斐が言い捨て、それにびびりまくりながら長谷川が返事をしたそのと

き、事務所のドアが開いたかと思うと、衝立の向こうから、

「あの、すみません。予約はしていないんですが」

という女性の声がする。

「……っ」

これはもしや初依頼人なのでは。俺と甲斐、それに長谷川は、はっとし、互いに目を見交わし合った。

『俺はバックヤードに行く』

甲斐が目でそう言い、自分の缶と俺に持ってきたビールの缶を手に奥へと引っ込む。

「どうぞ、お入りください」

開所以来、初めての客だ。刑事の頃、聞き込みも事情聴取も比較的得意にしていたので対人スキルはまああまあという自負はあるものの、やはり初めてというのは緊張する。

どういった種の依頼だろう。それ以前に無事依頼に漕《こ》ぎ着《つ》けるのか。ともかく、気合いで頑張るのみ、と、自身に言い聞かせると俺は、衝立を回り込み、受付へと向かった。

「ホームページを見て来たの。もと警視庁捜査一課の刑事が探偵を始めたって。もしかしてあなたがもと刑事？」

「はい。山下と申します。どうぞお入りください」

中でお話を、と招き入れようとしている『初めての客』と思《おぼ》しき女性は、三十代半ばのキ

ャリアウーマン風の美人だった。ちらと見た左手薬指には指輪が光っている。表情に険がある。浮気調査かな、と思った俺の勘は当たった。

「どうぞ」

応接セットに案内すると、彼女は少し驚いたようにソファを見て、俺を見た。そして周囲を見渡す。

俺以外、『高級感がある』と思っているのだろう。まさにそのとおり。俺が今着ているスーツは刑事の頃からの、二着でいくらといった量販店のツルシだ。

「いらっしゃいませ」

長谷川がコーヒーを彼女へとサーブする。彼のスーツの値段はおそらく、俺の十倍以上するだろう。顔立ちの端整さも二、三十倍かも、と思いつつ、依頼人が彼にぼうっと見惚《みと》れるさまを見やる。

『いらっしゃいませ』以外の言葉を告げるとボロが出るため、長谷川は早々に退場した。その後ろ姿を目で追っていた彼女に、俺は早速用件を問うた。

「それでご依頼の内容は」

「……ああ、夫の浮気調査をお願いしたいんです」

少しバツの悪そうな顔となった彼女はそう言うと、ポケットから名刺入れを取り出し、名刺を一枚、差し出してきた。

「矢田《やだ》と申します。百貨店の外商をしております」

矢田沙織《さおり》。名刺には『マネージャー』の肩書きがある。見たとおりのキャリアウーマンだと思いつつ質問を始める。

「ご主人の浮気調査ということでしたが、兆候のようなものがあると、そういうことですか？」

「……ええ、まあ」

俯《うつむ》いた彼女を見て俺は違和感を覚えた。今になって言《い》い淀《よど》む理由がわからない。しかし緊張しているだけかもしれないなと思ったため、話し易いであろうところから質問を始めることにした。

「ご主人のお勤め先は？　社内結婚ですか？」

「いえ、違います。主人は新宿の店でバーテンダー兼雇われ店長をしています」

「なんというバーですか？」

「『ブルーバード』です」

言いながら矢田は再び名刺入れを取り出し、中から黒い名刺を一枚取り出す。

「ご主人の名刺ですね」

矢田史郎《しろう》。それが夫の名前らしい。一体誰との浮気を疑っているのか。店の客か。それともまったくの別口か。

殺人事件の捜査は数えられないほどしてきたが、浮気調査は当然ながら初めてだ。随分勝手は違うだろうが、できない気はしなかった。張り込みも聞き込みも、今まで腐るほどやってきている。

「ご主人の様子がおかしいと気づかれたのはいつからですか？」

どうぞ、とコーヒーを再度勧めながら、問いかける。

「二ヶ月ほど前です。予告なく外泊した日があったのですが、そのときからおかしいのです。もう、ミエミエってくらいに」

「具体的には？」

「話していても気もそぞろだったり、常にスマホを気にしたり。それで私、主人が入浴中にこっそりスマホを見たんです。パスコードには察しがついていましたので」

「なるほど。それで？」

どうやら彼女の夫は色々な意味で『わかりやすい』タイプのようである。相槌《あいづち》を打ち、先を促すと沙織は吐き捨てるような口調でこう続けた。

「思ったとおり、ラインやメールの履歴が全《すべ》て削除されていました。疚《やま》しいことがあるからに違いありません。あなたもそう思うでしょう？」

「まあ、そうでしょうね」

夫は自分が『わかりやすい』ことを自覚しているらしい。『わかりやすい』ほうを改めればいいのにと余計なお世話なことを思いつつ頷《うなず》いた俺に向かい、沙織がずい、と身を乗り出す。

「そういうわけだから夫の浮気の証拠を摑《つか》んでほしいの。料金はホームページに書いてあったとおりで間違いないわね？」

「はい」

頷きはしたものの、はて、いくらで設定していたかと俺は記憶を辿《たど》った。というのもホームページも甲斐が知り合いの業者に依頼し立派なものを作ってくれたため、中身についてはあまり把握していなかったのだ。

初回面談が三十分五千円、依頼が成立した場合のみの支払いで、依頼を受けなかったときには料金は徴収しない。

あとは出来高だった。実費は請求してよかったはずだ。

「名刺に携帯番号が書いてあります。連絡はそちらにしてください。できるかぎり早く、結果が知りたいの。ことと次第によっては離婚も考えたいから」

硬い表情で沙織はそう言うと、キッと俺を見据えてきた。

「かしこまりました。善処します」

初依頼はある意味予想通り、浮気調査だった。『わかりやすい』夫を数日尾行すればそれなりの成果は得られそうである。

「よろしくお願いするわね」

依頼成立。沙織が立ち上がりかけたので、俺も立ち上がり彼女を見送ろうとした。が、何か言い残したことでもあるのか、沙織が再び腰を下ろす。

「…………」

こういうときには黙って待つが吉だ。下手に問い詰めれば口を閉ざしてしまう場合が多いというのは、刑事時代に培った経験からわかっていた。

何を言い淀んでいるのか。もしや浮気相手に心当たりがあるのかもしれない。無言のまま待つこと一分余り。いよいよ沙織が口を開くときがやってきた。

「……調査に当たってはお願いがあります」

「はい」

改まっての『お願い』とはなんだろう。『決して気づかれないように』などの当たり前のことではないはずだ。

安くあげてほしい？　それとも、ホテルに行くようなことがあったら阻止してほしい？　できなくはないが、それをすると調査自体がバレてしまうことになる。

他は？　夫に浮気を止《や》めさせてほしい、とか？　まさかと思うが警察に逮捕させろとか？

突拍子もないことを言われませんようにと密《ひそ》かに祈っていた俺の前で、またも一分ほど黙り込んだ沙織がようやく喋り始めたのだが、その内容はある意味、突拍子もないものだった。

「浮気相手は女とは限りません。そこを注意してちょうだい」

「え」

どういうことだ？　と問おうとし、直前で察する。

「わかりました。同性である可能性もあるということですね」

内心、驚きはしたが、態度には出さずに淡々と返す。相手から情報を聞き出すためにはそうしたほうがいいと思ったからだが、案の定、沙織は重い荷物を下ろしたかのような表情となると、聞きもしないうちからそう思うに至った理由を説明し始めた。

「そうなの。この間、外で入浴してきた気配があったんだけど、シャツにムスク系の香りが染みついていたの。あれは男性もののコロンだったわ。主人はいつも柑橘系《かんきつけい》の香りしかつけない。それでピンときたのよ」

「失礼ながらご主人はバイですか？」

なんでもないことのように聞かねば。そう思いつつ問いかけた俺に対する彼女の答えは、

「確かめたことはないわ」

というものだった。

「わかりました。すぐにも調査にかかります」

「よろしくお願いします」

心の中に収めていたことをようやく口にできたからか、今度、沙織はすっくと立ち上がり、すぐに外へと向かっていった。

ドアまで彼女を送ったあと、衝立を回って応接セットに戻ると、そこには既にバックヤードから戻ってきていた甲斐が、缶ビールを俺へと差し出していた。

「初仕事、おめでとう！　乾杯しようぜ」

「ああ」

時計の針はとっくの昔に終業の十九時を回っている。そしてふた月目にしてようやく初めての依頼があった。乾杯するのに異論はない、とビールを受け取りながら俺は、どうせなら、と、部屋の隅で縮こまっていた長谷川に声をかけた。

「長谷川君も一緒に乾杯しよう」

「と……っ！　とんでもありやせん！　若頭と乾杯なんて、畏《おそ》れ多くてとても……」

「いい心がけだ。この先も気易く所長と酒など飲むなよ」

怯《おび》える長谷川を更に怯えさせるような、ドスの利いた声で甲斐はそう言ったかと思うと、一変して笑顔となり、俺に缶ビールを掲げてみせる。

「それじゃ、乾杯」

「ああ、乾杯」

上下関係が厳しいのは警察もヤクザも同じか、と思いながら俺もまた缶ビールを差し出し、互いにぶつけたあとそれぞれ飲み始めた。

「肝心の調査だが、ウチの組員、使っていいぞ」

ごく当然のように甲斐が勧めてくるのを、

「大丈夫だよ」

と断る。

「浮気調査くらい、一人でできるさ」

「遠慮するなよ」

「遠慮はしていないよ。いつまでもお前に頼るのは悪いと思うだけで」

「そんなの、気にしなくていいんだぞ。そもそもは俺のせいでお前が警察辞めることになったんだから」

またいつものように、甲斐が謝罪モードに入ったため、俺は敢《あ》えて話題を変えた。

「ところでどう思う？　旦那は浮気をしているか、していないか」

「あの気の強そうな嫁さん見りゃわかる。『してる』だな」

ありがたいことに甲斐は話題に乗ってくれ、彼なりの意見を述べ始める。

「あれじゃ浮気するわな。稼ぎは嫁のほうがいい。だから威張ってんだろ。嫁とは正反対の癒し系にふらふらーっといっちゃったってところじゃないかね」

「相手、男かもしれないと言ってたが」

「男でも『癒し系』はいるだろうよ」

「あ、あの……所長」

二人のときは長谷川は俺のことを『所長』とは呼ばない。ほぼ会話がないので、呼び合うというシチュエーションもまあないのだが、呼ぶときは『あんた』か『おい』だ。

甲斐が俺のことを『所長』と言っているので従わねばと思ったのだろう、と俺はいつにない呼びかけをしてきた長谷川へと視線を向けた。

「なんだい？」

「おい、長谷川、ビールだ」

既に飲みきっていた缶を差し出しながら甲斐が命じる。

「は、はい！」

その場で直立不動になったあと、駆け寄ろうとする長谷川に、飲んでもいないのにビールを取りに行かせるのは酷かと俺は、

「俺がやるから」

と声をかけ缶を手に取ると、何を言おうとしたのか、とそれを問うことにした。

「それより、何か用があったんだよな？」

打ち解けているとはとても言えない仲だが、随分と年下でもあるし、丁寧語を使うことは長谷川本人から『若頭に叱られる』と断られているので、気易い口調で問いかける。

「矢田史郎のインスタが見つかったのでそれをお知らせしようと思いまして」

ぼそぼそとそう言いながら長谷川が彼のスマートフォンを差し出してくる。

「どれ」

俺より前に手を伸ばしたのは甲斐で、手渡した途端に後ろに飛《と》び退《の》き、畏《かしこ》まってみせる長谷川をちらとも見ずにスマホの画面を見やった。

「なかなかイケメンだ。見てみろよ」

ほら、と、甲斐がスマホを差し出してくる。

「どれ」

受け取ろうと缶を再びテーブルに置くと、いつの間にか近づいていた長谷川が、

「失礼しやすっ」

とその缶を奪うようにして手に取り、バックヤードへと向かっていった。

「だから俺がやるって」

その背に声をかけつつも、調査対象者のことは気になり、スマホを見る。

「確かにイケメンだな」

画面には三十代と思われる、浅黒い肌の男が写っていた。甲斐の言うとおりキリッとした眉、切れ長の瞳の、わかりやすいイケメンである。身長も高そうだった。服の上からでも体格もそこそこいいことがわかる。

「これはモテるだろうな」

店の宣伝も兼ねているのか、店内で撮ったものが多かった。店長である彼のインスタに載

ることが常連のステータスになっているのか、指先で写真を送っても送ってもカウンター越しに女性と頬を寄せた自撮りと思しき画像が続く。

「この中に浮気相手がいるのかね」

俺の横に移動し、画面を覗《のぞ》き込んできた甲斐が、俺が次々送る写真を見ながらそう問うてくる。

「後ろめたいことがある相手とは、さすがにこういうツーショットは撮らないだろう。普通の神経をしていればだが」

「まあ、そうだよな」

苦笑する甲斐に、

「写真に写り込むことはあるかもしれないが」

と答えたそのとき、スマートフォンの画面の中に俺は懐かしい顔を見出《みいだ》したせいで、思わず息を呑《の》んだ。

「どうした？」

写真を送る指先の動きも止まってしまったからか、甲斐が訝《いぶか》しげに俺の顔を覗き込んでくる。

「この子に見覚えがあるのか？」

写真は、史郎とキャバ嬢のツーショットだった。珍しく史郎はカウンターの外に出ており、スツールに座る金髪に近い茶髪のキャバ嬢の横に立ち、にこやかに微笑《ほほえ》んでいる。

「いや……」

見覚えがあるのは、と俺は写真の端で俯く男の姿を拡大しようと指を動かした。

明かりが届いていないために、鮮明に写っているとは言いがたい。拡大するとぼやけてしまい、逆に見づらくなったため、また元のサイズに戻す。

男は、写真を撮られたことになどまったく気づいていない様子だった。レンズの焦点は史郎とキャバ嬢に合っているのでぼんやりとしか見えないが、この俯く横顔のシルエットは見間違いようがない。

「おい？」

スマホの画面を凝視する俺を訝り、甲斐が声をかけてくる。

「どうした、そんな血走った目をして」

「いや」

自覚はなかったが、目が血走るのも無理はない。しかし説明のしようもない、と画面を凝視し続けながら俺は、かつてこの横顔の持ち主と過ごした日々の記憶が一気に蘇《よみがえ》ってくるのを戸惑いと共に感じていた。

2

初依頼を受けたときには、その日から矢田史郎の店を見張ろうとした。が、結局、史郎が雇われ店主をしているバー『ブルーバード』に向かったのは翌日の夜だった。

理由はただ一つ。彼のインスタに、ちらと写っていた男の姿にメンタルをかなり削られてしまったからである。

結果、甲斐相手に深酒をしてしまい、その日のうちに動くことはなくなった。いつになく飲みまくる俺を見て、甲斐があれこれ理由を聞いてきたが、なんとか誤魔化すことはできたと思う。

自分がここまで動揺するとは思わなかった。刑事を辞めるとき以上に己を失っているのがわかる。

俺をそこまで動揺させたのは、写真の隅に写っていた、はっきりと顔が判別できるとは言いがたい男の横顔だった。

見間違いでなければ俺は彼を知っている。二十歳のときに鮮烈的な出会いをした彼を見間違える筈《はず》はない。とはいえ再会はあまりに突然で、気持ちがまったく追いつかず、結局酒に逃げてしまった。

一夜開けた今、私情よりはまず仕事、とようやく気持ちを整理することができたとはいえ、心中はなかなかに複雑だった。

しかしまずは矢田史郎の浮気調査だ。昼過ぎから自宅を張り、午後三時頃、高級住宅地である白金台のマンションを出る彼を尾行する。

史郎は真っ直ぐ勤務先へと向かい、開店準備を整えた。その後、店の入っているビル前で張り込んでいたが、史郎が出てくることはなかった。

バーの営業時間は午後七時から午前一時まで。ビルに飲食店は十店舗ほど入っているので、どの店の客ということも把握できない。やはり店内に入るしかないか。しかし長時間一人でいるのはさすがに目立つだろう。

逡巡《しゅんじゅん》した結果、初日である今日は、午後十時から二時間ほど、店内で史郎を観察することにした。まずは敵情視察を心がけることにしたのだが、店に足を踏み入れた途端、後悔した。

「いらっしゃいませ」

カウンター越しに史郎が笑顔を向けてきたが、客は一人もいなかったのだ。

店内はいかにも女性が好みそうな、洒落《しゃれ》た雰囲気となっていて、俺のような冴《さ》えない男、しかも単独、というのは浮いているのが自分でわかる。

まだ、時間が早かったのだろうか。しかし出直すわけにはいかない、と、カウンターの一番奥の席に座る。

「どうぞ」

史郎が微笑みながら俺にメニューを渡してくる。

「初めてですよね？」

他に客がいないからか、はたまたフレンドリーな接客が売りなのか、話しかけてきた彼に対し俺も愛想笑いを返した。

「ええ。帰る前にちょっと飲みたくなってね」

「お近くにお勤めですか？」

「近いってほどでも……帰り道なんですよ」

ヤバい。会話が終わらない。

サラリーマンに見えるようにスーツを着てきたのだが、『サラリーマン』にはなったことがないので、突っ込まれるとボロが出そうである。

会話を終えるにはオーダーするしかない、と俺は開いたメニューに目を落とすことなく、

「ドライマティーニ」

と史郎に告げた。カクテルなら、作るのに時間がかかるだろうと踏んだのだ。

「かしこまりました」

にっこり、と完璧ともいえる営業スマイルを浮かべ、頷いた史郎がカウンター中央へと戻っていく。やれやれ、と内心溜め息《たいき》をつくと、話しかけられないよう予防線を張るべく、スマートフォンを取り出し眺め始めた。

見ているのは史郎のインスタだ。写真では賑《にぎ》わっているように見えたが、写真の投稿日をよく見るとさほど頻繁ではない。

しまったな、と心の中で呟《つぶや》く俺の目が、昨日の深酒の原因となった写真に吸い寄せられる。この横顔。これを見なければ、もう少しマシな動きができたんじゃないか。たとえば店の人気度を調べる、とか。

二時間ほど粘るつもりだったが、客が来なければ目立つことこの上ない。滞在時間が長ければ長いだけ史郎の記憶にも残るだろうから、早々に撤収せねばなるまい。

「お待たせしました」

あっという間にカクテルを作り終えた史郎がグラスを手に俺の前に立つ。

「何かつまむもの、ご用意しましょうか」

再びメニューを開き、示してきた彼に、いらないと断ろうとしたとき、店のドアが開き若い女性が二人、入ってきた。

「いらっしゃいませ」

史郎の視線が彼女たちに移る。

「つまみはいいです」

答えた俺に史郎は愛想良く「かしこまりました」と微笑むと、カウンター中央のスツールに腰を下ろしたOL風の二人に近づいていった。

「いらっしゃいませ」

「マスター、今日は友達連れてきたの」

「それはありがとうございます。百合子《ゆりこ》さん」

どうやら常連とその連れらしい。百合子はロングヘアの美人で、二十二、三歳に見えた。身体《からだ》にぴったりフィットするニットのワンピースがよく似合っているが、あまり見ているとそれこそ悪目立ちする、と目を伏せる。

「本当にイケメンですねー。百合子の言うとおりだった」

友達は肩までのセミロング。こちらも可愛《かわい》い顔をしていた。店内がそう明るくないのでディテールまでは見えないが、いわゆる『いい会社』――ステータス的にも給料的にも――に勤務するOL二人組で間違いないようである。

初めて来た『友達』はそれが嘘でないかぎり、史郎の浮気相手ではないだろう。百合子はどうだろうか。気易く史郎に話しかけているが、『客』以上である感じはしないなと思っていた傍から、どうやら違うらしいということがわかってきた。

「お店の雰囲気がいいから、この間、透《とおる》を連れてきたら、不機嫌になっちゃって大変だったんだよ」

「あはは、うけるー。深山《みやま》くん、ヤキモチ？　今からそれだと結婚してから大変だねー」

「本当だよ」

「挙式、来月でしたっけ」

　ここでオーダーを取りにきた史郎が会話に加わる。

「マスター、よく覚えてますね」

「ハワイでしょ？　覚えていますよ。この間フィアンセさんと、これでもかってくらい自慢してたでしょ？」

「やだ百合子。結局ラブラブじゃん」

　友達が茶化し、百合子が照れて笑う。

　これで彼女が史郎と愛人関係にあったりしたら、アカデミー賞受賞者も真っ青の女優だ。それぞれカクテルを注文する彼女たちは『シロ』とみていいだろう。

　静かな店内、二人のお喋りが聞こうとせずとも聞こえてくる。史郎も交えての会話となっていたが、聞けば聞くほど『シロ』としか思えなかった上に、一人客が珍しいのか、ちらと百合子が視線を送ってきたのに気づいては、そろそろ潮時かと思わざるを得なくなった。彼女たちの記憶にまで残るわけにはいかない。

　ちびちび飲んでいたドライマティーニもそろそろなくなるし、と会計を頼もうとしたそのとき、店のドアが開き、新たな客がやってきた。

「いらっしゃいませ」

史郎が声をかけた客を見た瞬間、俺はその場で固まってしまった。

「こんばんは」

少し恥ずかしそうに笑う。かつての笑いかたそのままだ。彼にまず最初に惹《ひ》かれたのはあの笑顔からだった。

八年という歳月をまるで感じさせない若々しさ。かわったのは髪型くらいか。あの当時はふわふわとした茶髪だった。今の髪色は黒。パーマ気はなくすっきりした印象だ。

凝視などしては相手に気づかれるというのに、どうしても視線を外すことができない。なぜなら彼は——と、案じたとおり俺の視線に気づいたらしく彼が俺を見る。

ばっちり目が合った。見つめあうこと五秒、十秒。

「あれ……？　響一？」

間違いなかった。いや、俺が彼を間違える筈などない。呼びかけてきたのは八年前、俺の前から姿を消したきり、行方《ゆくえ》がわからなくなっていた——。

「薫《かおる》、か。やっぱり」

「わあ、響一！　久しぶり！」

吉野《よしの》薫。大学二年の時、同じアパートに住んでいた。屈託なく声をかけてくる彼の顔にはあの、恥じらうような笑みがある。

「こんなところで会うなんて。偶然が過ぎるよ。嬉《うれ》しいな」

真っ直ぐに俺へと駆け寄ってくる薫に、百合子たちの視線が集まる。そう。八年前も彼は常に女性の視線を集めていた。女性だけでなく男性も。

色白で華奢《きゃしゃ》な手足の持ち主である。顔は誰が言ったか『天使のよう』。長い睫《まつげ》に縁取られた茶色がかった大きな瞳。通った鼻梁《びりょう》。小さな紅色の唇。細い首。薔薇色《ばらいろ》の頬。

確か同い年の筈なのに、八年前、二十歳のときとビジュアルがまったくかわらないことに驚く。

「綺麗《きれい》な子だね」

「ちょっと聞こえるよ」

ひそひそと百合子たちが囁《ささや》く声が聞こえてくる。『子』ではないはずなのだが、と俺はまじまじと、隣のスツールに腰を下ろしてきた薫の顔を覗き込んだ。

「やだな、驚きすぎて、声が出ないの?」

苦笑され、初めて自分が挨拶もせずにじろじろ顔を眺めてしまっていたことに気づく。

「ああ。驚いた」

昔からそう動じるほうではないが、刑事になってからは肉体精神ともに鍛えたおかげで、ちょっとやそっとのことでは動揺しないでいられるという自負がある。

しかし今、俺は生まれてこの方《かた》経験がないほど、動揺しまくり、おかげで頭の中が真っ白になってしまっていた。

「あはは、そんなに驚いた？　まあ僕も驚いたけれど」

煌《きら》めく瞳を細め、薫が笑う。と、そこに声をかけてくる者がいた。

「薫、知り合いかい？」

「……っ」

恥ずかしい話、今まで存在すら忘れていた。調査対象者だというのに、と俺はカウンターの中から声をかけてきた史郎を見やったのだが、その瞬間違和感を覚え、思わず顔を凝視しそうになった。

「うん。ちょっとね。前にお世話になったバイト先の人」

しかし薫の返事を聞いては、違和感どころか驚きを覚え、視線を彼へと向ける。

「ね」

薫がにっこりと笑いかけてくる。話を合わせろと言いたげな顔に、わけがわからないながらも俺は、

「ああ」

と頷いたあと、先程芽生えた違和感の正体を確かめるべく、改めて史郎を見やる。

「もしかして薫にこの店を聞いたんですか？」

目が合った瞬間、笑顔で問いかけてきた史郎の頬が痙攣《けいれん》しかけているのがわかる。

やはり。

薫が隣に座ったとき、ふわりと立ち上った香りはムスク系だと、今更のことを確認しつつ俺は、史郎に対し首を横に振った。

「いえ。偶然の再会に驚いています」

嘘ではない。しかし彼と会う可能性があることは認識していた。

というのも、写真で彼の横顔のシルエットを見ていたから――。視線をその『横顔』へと向ける。と、薫が俺を見て、にこっと笑いかけてきた。

「本当に驚いたよね」

「ああ」

「にしてもスーツかぁ。こういう格好、見るの初めてだから新鮮かも」

薫の手が伸び、俺の上腕のあたりを摑む。

「よせよ」

指先の感触に、ドキ、としながらも、そんな場合じゃなかった、とこっそり横目で史郎を窺《うかが》う。

ぴくぴくとこめかみのあたりが痙攣し、目には不穏な光がある。本当にこいつは『わかりやすい』、と心の中で呟くと俺は、敢えて己の腕を摑む薫の手を握るようにして外させた。

「お前は変わらないな」

「変わらないって、ほんの数年前じゃん」

あはは、と笑いながら薫が再び俺へと腕を伸ばそうとする。

いや、八年は決して『数年』ではないぞと心の中で突っ込んでいた俺の前で、史郎が、

「薫、注文は？」

そう言いながら、すっとメニューを差し出す。

声も尖《とが》っているし、眉間には縦皺《たてじわ》が寄っている。今、史郎は誰が見ても苛立《いらだ》ちを感じているとしかいえない様子をしていた。

間違いない。史郎の浮気相手は薫だ。

「何にしようかな。何がいいと思う？」

気づいているのかいないのか、薫は相変わらず明るい口調で今度は史郎に問いかけている。

「いつものでいいか？　薫の好きなやつ」

『いつもの』と言うとき、史郎がちらと俺を見た。勝ち誇ったような顔を見て、ますます間違いない、と確信する。

「あ、薫スペシャル、だっけ？　あれ好きだ、あと、チョコレートちょうだい」

「かしこまりました」

わざとらしく澄ましてみせる史郎に、薫が「なにそれ」と笑っている。

いや、参った。まさかの展開だった。しかしそうとわかれば長居はできない、と俺は史郎に声をかけた。

「すみません、チェックお願いします」

「え？　帰るの？」

薫が驚いたように目を見開く。

「ありがとうございます」

一方、史郎は心から安堵《あんど》した顔になり、伝票を用意し始めた。

「なんだ、つまらないな」

言いながら薫がポケットに手を入れたかと思うと、スマートフォンを取り出す。

「せっかく会ったんだもん。ライン交換しようよ」

「え？　ああ」

これは好都合といっていいのかそれともマイナス効果か。しかし断るほうが不自然なので素早くＩＤの交換を済ませたところに、心持ちむっとした様子の史郎が戻ってきた。

「こちらになります」

伝票に書かれた数字は思ったより安価で、財布を出そうとしたところ、ぱっと伝票が目の前から消える。

「奢《おご》るよ。再会を祝して」

トレイの上から伝票を攫《さら》ったのは薫だった。

「いや、いいよ。そんな」

「固いこと言わないの。昔お世話になったんだから」

何を思ったのか、薫はそう言うと、伝票を史郎に渡してしまった。

「僕の分と一緒にしといて」

「……わかったよ」

史郎の顔が怖い。ここは無理強《むりじ》いするとより、彼の印象に残ることになりかねない、と薫のわけのわからない厚意に甘えることにした。

「それじゃあご馳走《ちそう》さま」

「またね。今度ゆっくり会おう。職場の人にもよろしく。ヤマモトさんとか」

「あ。ああ」

ヤマモトって誰だよ。それ以前に『職場』ってどこを指している？　なぜそんな出鱈目《でたらめ》を、と思いながらも指摘はせず、俺はバーをあとにした。

まだ混乱していたが、取り敢えずビルの外に出て、周りを一周し、出口は俺が降りてきた階段しかないことを確かめると、そこが見える場所を探し、向かいのビルの非常階段が最適であるという結論を下した。

幸いそのビルの管理は甘く、目当ての非常階段には簡単に入ることができた。人目につかないよう、踊り場で座り込み、向かいのビルの出入り口を見下ろす俺の口から、我知らぬうちに溜め息が漏れる。

写真に写っていたのは薫ではないかと気づいていたのだから、こうも動揺する必要はない。やはりあれは薫だったのかと納得すればいいだけなのに、酷《ひど》く胸がざわめいてしまう。

理由は勿論《もちろん》、わかっている。薫との関係だ。

八年前、俺と薫は――。

「……いや……」

今は過去など振り返っている場合ではない。調査対象の史郎の『愛人』は十中八九、薫に間違いないだろう。

史郎のわかりやすい嫉妬が証明している。今日、『愛人』薫が店に来たのは、店が終わったあとに密会するつもりではないのか。

入浴の形跡に気づいたこともあるとのことだったので、ホテルか、もしくは薫の家かでセックスをする。ラブホテルに入ってくれれば、『浮気』の証拠になるが、シティホテルや薫の家でことを致すとなると、一緒にいるところを撮影しても、証拠としては弱いかもしれない。

できればラブホテルにいってほしいものだ、と心の中で呟いた俺の脳裏に、ちらと八年前の光景が浮かぶ。

白い肌。汗のにじむ背。場所は、ホテルではなかった。アパートの部屋だ。生まれて初めての体験だった。刺激的すぎてすぐにのめり込んだ。しかし——。

「あ」

階段を降りてきた二人連れを見て、俺は我に返った。百合子とその友達だ。

「眼福だったねー」

「イケメンパラダイスだよね」

酔っているのか、二人して高い声を上げているせいで俺のところまでよく聞こえる。

「あれ？　まだ十一時？　もう店閉めるみたいな感じじゃなかった？」

「早じまいの日なのかな？　あの天使みたいな子、知り合いっぽかったしね」

「大学生かなー。話しかければよかった」

「お姉さんがご馳走してあげるって？　それこそ透に怒られる」

二人の笑い声が遠ざかっていく。結構飲んだんだな、と後ろ姿を見送りながら俺は、『天使みたいな子』は君たちより年上だ、と心の中で呟いた。

薫と俺は同い年のはずだった。ということは今年二十八。間もなく九。にしてもバーの中が多少薄暗かったとはいえ、俺の目にも大学生に見えた、と薫を思い起こし、一人頷く。

そういえば、彼が史郎に対し、俺をバイト先の人間のように誤魔化した理由はなんだったのだろう。色々とテンパりすぎていて後回しになっていたが、そこに疑問を持ったのだった、と俺は改めて店内での史郎を含めての薫とのやりとりを思い起こした。

俺と薫、二人の『関係』について、彼が史郎に隠したかった理由はまあ、推測できる。しかし、別に『バイト先で世話になった』なんて嘘までつく必要はなかったはずだ。

ヤマモトなどという適当な名を出す必要もない。なぜ彼はそんな嘘をついたのか？

嘘をついたわけではなく、俺を誰かと勘違いしている――とか？

いやいや、ちゃんと『響一』と名前を言っていた。

名前は覚えていたが、関係性は忘れていた？　いや、普通忘れるか？　名前と顔は覚えているのに？

「……もしや……」

これ、という可能性を思いついた俺の口から言葉が漏れる。

もしや、年齢を誤魔化している――？

俺の見た目は年相応だと思う。その俺と同い年ということを、彼は恋人である史郎に知られたくなかった、というのはどうだろう。

なぜ年を誤魔化しているのか。百合子たちは大学生と間違えていたが、思い返すに薫の服装は、社会人とは思えないラフなものだった。

まさか、大学生のふりをしている？　若く見られたいから？

大学生といえば奢ってもらえる――なんてケチなことを考えたのか。そういや薫は昔からちゃっかりしているところがあった。今夜奢ってくれたのは彼のほうだったけれども。

それにしても今、彼はどういう仕事をしているのだろう。

そんなことをぼんやりと考えていたとき、出入り口から姿を現した男を見て、俺は持っていたカメラを構え直した。史郎だ。

彼が外に出たあと、薫も出てくる。時計を見ると十一時十分を指しており、百合子たちが言っていたとおり『早じまい』にしたのだなと察した。

よし、尾行だ。一応、二人連れ立って歩く姿を写真に収めたあと、足音を忍ばせ螺旋《らせん》階段を降り、尾行を始めた。

二人の向かう先は歌舞伎町《かぶきちょう》方面。ラブホテルの可能性が高いことに安堵すると同時に、もや、とした気持ちが胸の中に立ち上るのも感じていた。

ホテルに入るところと出るところをきっちり押さえる。上手《うま》く写真が撮れれば、明日にも妻、沙織に報告できる。

スピード調査が売り、と印象はよくなるだろう。浮気調査が得意という評判が立てば、安定した依頼が望めるようになる。

頑張ろう。もやもやなどしていられない、とやる気に燃えながら俺は二人を尾行し、歌舞伎町の外れにあるラブホテルに吸い込まれていく彼らの姿を無事、撮影することができた。

どうやらそのホテルは同性カップルに人気らしく、次に入ったのも男同士のカップルだった。次が男女、そしてまた男同士、また男女、とホテルに入っていくカップルを見張ること二時間あまり。

「え」

ホテルから男が一人で出てくる。ラブホテルで出る時間をずらすカップルは珍しいが、まったくいないわけではない。

しかしよりにもよって、と俺が驚いたのは、それが史郎と共にホテルに入った薫だったからだった。

一応写真を撮っておこうとカメラを構える。と、液晶画面の中、薫が足を止めたのを見て、まさか気づかれたかと焦ったが、どうやらポケットからスマートフォンを取り出したとわかり、密かにシャッターを切った。

メールか。それとも電話か。スマホを操作する薫に注目していると、ポケットの中のスマホが着信に震える。

「うそだろ」

慌ててポケットを探り、取り出した俺の目に、ラインの通知が飛び込んできた。送ってきたのは薫で、あたふたしながら開いて見る。

『さっきはごめんね。言い訳したいので明日会えないかな？　あ、これからでもいいけど』

おいおいおいおい。

なんなんだ、これは。

暫《しば》し呆然《ぼうぜん》としてしまっていたせいで、はっと気づいたときには薫の姿は消えていた。この時間だともう電車は動いていない。となると大通りでタクシーを捕まえるのか、とあとを追おうとしたが、そのときホテルから史郎が一人で出てきたのに気づき、慌ててカメラを彼へと向けた。

風呂上がりなのか頬を上気させ、にやにや笑いながら歩いていく。上機嫌なのは薫とのセックスがよかったからだろうか。なんともいえない気持ちになりながらもシャッターを切り、そのにやついた顔を画像に残す。

調査一日目にして『愛人』は突き止めた。明日にも妻には連絡を入れよう。幸い――といっていいかは謎だが、相手の身元はわかっている。吉野薫。しかし今、彼は一体何を生業《なりわい》にしているのだろう。

史郎とはいつからの関係なのか。出会ったのは史郎のバーか。愛人になったきっかけは？どちらが誘った？　薫からか？　それとも俺のときみたいに、なし崩し的な？

「……いかん」

憤り――まではいかないが、やり場のない気持ちが頭の中でも胸の中でもぐるぐると渦巻いているような錯覚に陥る。

とにかく、家に戻ろう。冷静になって頭の中を整理しよう。歩き始めた俺の脳裏に、バーで再会を果たしたときの薫の明るい笑顔が浮かぶ。

『わあ、響一！　久しぶり！』

『久しぶり』と言いつつ、つい昨日別れたかのような口調で喋りかけてきた彼。彼にとって八年という歳月は俺が感じていたより随分と短いものだったのだろうか。

なんの屈託もなく、話しかけてきた彼の笑顔と、八年前、初めて会ったときの彼の笑顔が俺の中で重なる。

『なに？　同じアパートなの？　凄《すご》い偶然だね』

飲み会で出会った彼と意気投合し、楽しく飲んだ。同じアパートに住んでいるだなんて全然気づかなかった。これも何かの縁だよね、とそこから二人の関係が始まって――。

「……だから帰るんだろうがっ」

ともすれば昔を思い出しそうになる己を叱咤しつつ、俺は事務所兼自宅へ戻るべく、タクシーを求め大通りを目指したのだった。

3

その夜も俺は恥ずかしながら酒に逃げてしまった。報告書をまとめるため撮影した写真をプリントし、眺めているうちに、飲まずにはいられなくなったのだ。

深酒がたたり、翌朝目覚めたときには気分は最悪状態だった。シャワーを浴びてなんとかしゃきっとしたものの、二日酔いで胃はむかつくし頭は重い。

事務所は十時には開けるが、毎日九時までには席につくようにしていた。自宅と事務所はビルの隣の部屋ではあるが、中が繋《つな》がっているわけではないので、一度外に出て隣のドアから中に入る。通勤時間一分未満というありがたい立地なのだが、今日は立地をいいことに、事務所に到着したのは十時五分前という営業開始時間ぎりぎりになってしまった。

「ッス」

長谷川はいつものように、事務所内の掃除を済ませ、席でパソコンを操作していた。

「おはよう」

「二日酔いッスか」

ちらと俺を見た彼が立ち上がり、コーヒーメーカーへと向かう。

散々断ったのだが、彼は毎朝、俺のためにコーヒーを淹《い》れてくれるのだった。自分でやるといくらいっても『若頭の指示ッス』と取り合ってくれない。

コーヒーを置いてくれた彼に、

「ありがとう」

と礼を言うと、長谷川は「ッス」と軽く頭を下げ返したあと――毎度思うがこの『ッス』はなんの略なのだろう。因《ちな》みに毎朝の『ッス』は『おはようございます』だと思われるのだが、それはさておき――思いもかけない言葉を告げた。

「今日、十時にアポ入ってますんで」

「え？」

咄嗟《とっさ》に言葉の内容が頭に入って来ない。

「ホームページから予約が入ったんスよ」

「ええっ」

初、ネット予約。そう、事務所のホームページに予約フォームを作ってもらっていたが、一度たりとて機能したことはなかった。

「朝見て俺もびっくりしやした」

俺の驚きっぷりが可笑《おか》しかったようで、長谷川がにやにや笑いながらそう告げる。

「いい波、来てるっぽいッスよね。二人目の客ッスよ」

「依頼内容は？」

確か選ぶ欄があった。また浮気調査だろうかと予想しつつ問いかけると、

「『その他』になってたッスね」

と長谷川が自席へと戻っていく。

「建宮《たてみや》という男でした。建設の建にお宮の宮。珍しい名字ッスね」

「建宮……」

本当に珍しい、と頷いたそのとき、ドアが開く音と共に、

「すみません」

という声が入り口から聞こえてきた。

「ん？」

この声は。

まさか。いや、聞き違いだ。二日酔いでぼうっとしているから聞き違えたのだ。似た声というのは世間にいくらでもあるし。

「いらっしゃいませ」

唯一、客に対して喋ることができる挨拶を告げながら、長谷川が受付へと向かう。

「建宮です」

やはり似ている声だ。とはいえ『彼』であるはずがない。だって名字自体、違うし——と

思いながら立ち上がり、二人目の依頼人を迎えようとした俺は、長谷川に続き磨りガラスの衝立を回って目の前に現れた男を見て、驚きのあまり大声で名を呼んでいた。

「薫！」

「え」

途端に訝しそうな顔になった長谷川の後ろで、薫が――『建宮』という名字ではなく『吉野』であるはずの薫が、いつもの『少し恥ずかしそう』な笑みを浮かべ俺に向かってこう告げた。

「来ちゃった」

「……なんッスか」

ぼそ、と長谷川が呟き、俺を見る。

「と、ともかくどうぞ、座ってくれ」

一体なぜ彼が？　ここに？　偽名を使って？

頭の中はクエスチョンマークだらけで、ほぼテンパってしまっていたが、長谷川の存在がなんとか理性を保つのに助けとなった。

「長谷川君、コーヒー、頼めるかな」

「はい」

長谷川は物凄くわかりやすい不審げな顔をしていた。知り合いであるのに、名前を覚えていなかったのか、と言いたげであるし、知り合いなら依頼人ではないのでは、と疑っている様子もある。

「建宮っていうからわからなかった。吉野だよな？」

そんな長谷川に聞かせるため、かつ、自分の疑問も解消したくて向かいのソファに座り、薫に問いかける。

「今は建宮って言うんだ。母親の姓なんだけどね。両親が離婚したんだ」

薫はそう答えたあと、上目遣いに俺を睨んできた。

「ライン、既読になってたのに返信くれないなんて酷いじゃないか」

「……わ、悪い」

まさかそれで来たのか？　しかしどうしてここが？　またもテンパりかけていた俺の視界に、コーヒーを盆に載せた長谷川が入り、自分を取り戻す。

「どうぞ」

「ありがとうございます」

長谷川にも笑顔で礼を言うと薫は、にこにこ笑いながら俺に向かって話し出した。

「それにしても昨日は本当に驚いた。偶然バーで会うなんてことあるんだね。すぐ帰っちゃうんだもん。もうちょっと話したかったよ」

「あ、あの、長谷川君」

このまま薫を喋らせておくと、八年前のことにまで話題が及びかねない。さすがに人に聞かれるのは避けたい、と俺はますます訝しそうな表情となっていた長谷川に思わず声をかけていた。

「はい」

「休憩行っていいよ。いつものようにウチで煙草吸ってくれていいから」

「いや、それは」

長谷川がぎょっとした顔になったのはどうやら、甲斐の脅しを思い出したからのようだった。

「大丈夫。甲斐にはちゃんと許可得るから」

「しかし」

「大丈夫だから。ウチが駄目ならカフェかどこかで吸ってきてくれていいから」

ここまで言ってようやく長谷川は、席を外せと言われていることを察してくれたようだった。

「わかりました」

依頼人の前では彼は最低限の言葉しか告げない。相変わらず訝しそうにはしていたが、俺の言うことは絶対だと甲斐に日頃から叩《たた》き込《こ》まれているせいもあって、一礼し事務所を出ていった。

「彼、無口だけどイケメンだね。響一の好み?」

ドアが閉まると同時に薫が身を乗り出し、問いかけてくる。

「違うに決まっているだろう」

長谷川を性的に見たことはない。驚いて言い返しはしたものの、すぐに聞きたいのはコッチだと薫に問いかけた。

「どうしてここが?」

「どうしても何も、お前の名前でググったらこの事務所が出てきたけど?」

「あ」

そういうことか。即座に納得した俺に心持ち身を乗り出すようにし、薫が話し出す。

「お前と久々に会えたのが嬉しくてさ。今、何やってるんだろうな、とググってみてここを見付けたんだ。同姓同名かも、とも思ったんだけどさ。そうじゃなくてよかった。それにしても驚いたよ。響一、探偵なんだ。なんで探偵をやろうと思ったの? 警察官になりたいって言ってなかったっけ?」

「よく……覚えているな」

将来の夢について、お互い語り合ったことがあった。薫は商社マン、俺は刑事で、相手の選んだ職業を『らしい』と笑い合った日の光景がまざまざと脳裏に蘇る。

「そりゃ覚えているよ」

また、恥ずかしげな笑みを浮かべた薫が俺を真っ直ぐに見つめてくる。彼の視線を受け止める俺の鼓動は今、不自然なくらいに高鳴っていた。

落ち着け。舞い上がっている場合じゃない。薫がここに来た目的を考えるんだ。ラインの返信がなかったから、なんてものじゃないに違いない。何か目的があってやってきたのだろう。

それを聞かねば。にこやかに微笑む薫に対して俺は、聞いて当然、ということから攻めていくことにした。

「依頼フォームからアポ取ったということだけど、依頼じゃないんだな?」

「いや、依頼だよ」

薫が『心外だ』という顔になる。

「依頼?」

どうしよう。彼の『依頼』が『ラインをスルーするな』『必ず返信せよ』というものだったら。

馬鹿げていると自分でも思うが、目の前でにこにこ笑っている薫を見ていると、そんなふざけた用事で来てもおかしくないと思えてくる。

もしかして――よりを戻したい、とか?

いやそれはさすがにない。だって彼は今、矢田史郎の愛人なのだから。そう思った瞬間、彼の『依頼』に気づいた。

「昨日、あのバーに行ったのはプライベートじゃなかったんだよね？　今の仕事が関係してる？」

「いや、プライベートだ」

そう答えるしかない。どんなにミエミエな嘘であっても。言い切った俺を見て、薫がぷっと噴き出す。

「昔から響一は嘘がつけなかったよね。刑事辞めたのもそのせい？」

「関係ないし嘘じゃない」

「またまた」

あはは、と薫が屈託なく笑う。

「まあ、言えないだろうけどさ。それで僕の依頼なんだけど、二つある」

「二つ？」

一つは推察できる。彼は俺が史郎の浮気調査をしていたことに気づいた上で、牽制《けんせい》しに来たに違いない。

浮気相手が自分であることを黙っていてもらえないかと頼みにきた——そんなところだろうと俺は薫を見た。薫もまた俺を見て、にこっと笑う。

「一つ目は、史郎さんに僕の年齢を言わないでほしい。彼の家族にも」

「え」

思いもかけない『依頼』に、我ながら間抜けな声が口から漏れてしまった。

「僕、彼には二十歳って言ってるんだ」

「そりゃさすがに無理だろう」

八つもサバを読むなんて、と反射的に言い返したが、

「無理かな？」

と身を乗り出されては、言葉に詰まることになった。

「大学生に見えない？　昨日のお姉さんたちは軽く騙《だま》せたんだけど、店の中が薄暗かったから？」

「いや……」

この事務所は前が駐車場ゆえ日当たりだけはよい。ブラインドをあけているので明るい光が差し込んでくる上、室内灯もつけている。

明るすぎるといっていい環境で見ても、薫は充分大学生——二十歳に見えた。

「化け物だな」

「失敬な」

ぼそ、と呟いてしまった俺を薫が軽く睨む。上目遣いがかわいい。なんてあざとい顔だ。

これが俺と同じ二十八とは、と見惚れる前に俺は呆《あき》れてしまっていた。

「史郎さんには響一のこと、前のバイト先の社員って説明したから。そこんとこ、話あわせてもらいたいと思って」

「……わかっ……？」

頷きかけ、待てよ、と思いとどまる。

「なに？」

ただでさえ大きな目を薫が見開き、問いかけてくる。綺麗な瞳に吸い込まれそうだ、と気づけばぼうっとしていた俺は、いかんいかん、と頭を振ると、果たしてどう問うことにするかと咄嗟に頭を働かせた。

薫はさっき、自分が年をごまかしていることを史郎だけでなく彼の家族にも言わないでほしいと頼んできた。

『彼の家族』、すなわち妻にも二十歳と言え、というのは、自分との仲を俺が妻に報告するという前提あっての依頼である。

もしここで『わかった』と頷けば、昨日バーに行ったのは浮気調査だと認めたようなものだ。

それを狙ってのことなのか、と表情を窺っていた俺の視線を真っ直ぐに受け止め、薫が『二つ目の依頼』を口にする。

「二つ目は、史郎さんには僕たちの関係を話さないでほしい」

「え」

またも思いもかけないことを言われ、再度俺は絶句する。

「なに、その顔。まさか忘れたわけじゃないよね？」

わざとらしいほど大仰に驚いてみせた薫が、俺へと身を乗り出し、囁くようにして、我々の八年前の関係を口にした。

「八年前、僕たちがセフレだったこと」

「……っ」

そう――八年前、確かに俺と薫は『セフレ』としかいいようのない関係だった。

期間はたった二ヶ月。短かった割に身体を重ねた回数は多かった。

なんてことは今はどうでもよくて、と必死で思考を立て直そうとしていた俺の心中を知ってか知らずか、

「懐かしいよねえ」

と薫が遠い目をして微笑む。

「なんだっけ。合コンだったかサークルの飲み会だったかで、偶然隣の席になったんだよね。それで飲んでいるうちに、同じアパートに住んでることがわかって」

「……ゼミの飲み会だ」

「ああ、そうだった。ふふ、覚えてるじゃないか」

薫が嬉しそうに笑う。

忘れるものか。史郎のインスタで横顔を見つけて以来、ともすれば八年前のことを考えてしまっていた。

「アパートに一緒に帰って飲んでいるうちになんか盛り上がっちゃって、それでヤッちゃったんだよねえ」

あっけらかんと言い放つ薫を前に、長谷川を部屋から出しておいて本当によかった、と俺は胸を撫《な》で下ろした。

昔とまったく変わらない。外見は勿論、性にオープンなところも。

「あのとき響一、童貞だったよね。男も女も初めてだって言ってた。僕が筆下ろしだったの、覚えてる？」

そして無神経なところも。赤面するしかない俺を見て、薫が楽しげに笑う。

「あはは、やっぱり覚えてたか。懐かしいねー。そうだ。今頃聞くのもなんだけど、僕のあとは男にいったの？　それとも女？」

「……あのなあ……」

本当に『今頃』だ。絶対興味ないだろう、と突っ込みそうになり、相手のペースに巻き込まれてどうする、と我に返る。

「どうして昔の関係を明かしちゃいけない？」

「どうしてって、そんなの当たり前じゃないか。史郎さんとはまだまだ、良好な関係でいたいんだよ」

何を当然のことを、と驚いたように――若干、わざとらしい気もしたが――言い返す薫に俺が確認を取ったのは、仕事のためだったかそれとも聞いてはっきりさせたいという自身のためだったのか――。

「良好な関係というのはつまり、矢田史郎さんとは愛人関係であるということで間違いないな?」

「愛人……ああ、史郎さん、結婚してるから、恋人じゃなくて愛人ってことになるのか」

なるほど、と薫が頷く。

「……肯定でいいんだよな? 愛人ということで」

誤魔化そうとしているのか。それともとぼけているのか。それとも単に素なのか。

見極めがつかなかったため、更に確認を取ると、薫は、少し恥じらうような顔となり、

「うん」

と頷いてみせたあと、不思議そうに問いかけてきた。

「昨日、尾行したんじゃないの? ホテル行ったの、見てたのになんでわざわざ確認するのかな?」

「……っ」

気づいていたのか、と、息を呑んだ時点で認めたことになる。それを気づかされたのは薫の指摘を受けてからだった。

「あ、やっぱり尾行したんだ。写真も撮った？」

カマをかけられたのか。あっさりひっかかってしまった自分が情けない。この間まで刑事だったというのに、素人《しろうと》の罠にかかるだなんて。

反省しまくっていた俺に、薫が確認を取ってくる。

「写真も撮ったよね？　探偵だもんね」

「……聞いてどうする？」

やはり彼の『依頼』は、妻には知らせるな、ということだったのだろう。最初にそれを言うと断られることを見越して、あれこれと探りを入れていたに違いない。

答えは勿論『ノー』だ。いくら昔馴染みとはいえ。どう断ってやろうかと思いながら問いかけた俺に薫はとんでもない返しをして寄越した。

「写真写りが気になってさ。奥さんに送る写真、選ばせてもらえないかな」

「はあ⁉」

ふざけているのか。我ながら素っ頓狂な声を上げた俺に向かい、薫が身を乗り出してくる。

「いや、どうせ送られるものなら、自分で選びたいなと思ってさ。ああ、それとも僕、直接会いに行こうかな」

「ちょ、待てよ」

「なにそれ。物真似《ものまね》？」

「誰の⁉」

動揺しすぎて、少しも会話が進まない。

「落ち着いて。コーヒー飲む？　おかわり、淹れようか？」

「いや、俺がするから」

すっかり薫のペースになってしまっている。落ち着け、と自身に言い聞かせていた俺に、薫がぐいぐい迫ってきた。

「ねえ、写真、どこにあるの？　見せて」

「ここにはない」

「家？　家、どこ？」

「どこでもいいだろ」

「このビルの中じゃない？　だって響一、健康サンダル履いてるし」

「……っ」

本当だ。焦ってきたので靴を履くのを忘れた。ぎょっとして足下を見た俺を見て、薫が楽しげに笑う。

「当たりだ！　ねえ、家、見せてよ。写真はどうでもいいから」

「ええ？」

またも驚きの声を上げてしまったのは、薫が不意に立ち上がり、俺の座る一人掛けのソファの肘掛け部分に腰を下ろしてきたからだった。

「家、行きたい。だって八年ぶりだよ？」

「八年……」

八年という歳月。彼を思い出すことがなくなってからはかれこれ、五、六年か。

『ねえ、しない？』

八年前、部屋にあげた直後、俺の上に乗っかってきた彼。

『僕に任せて』

あわあわしていた俺からTシャツを脱がせ、ジーンズを脱がせ、最後はパンツまで脱がされた。そして全裸になった彼が俺の上に乗ってきて——。

「ねえ、しない？」

いつしか八年前のことを思い起こしていた俺に、しなだれかかってきた薫が耳元に囁いてくる。

「……え……？」

彼は今、何を言った？

聞こえていたはずだが、聞き返さずにはいられなかったのは、信じがたかったから——という理由だけではなかった。

「しようよ。八年ぶりに」

「…………」

誘われている。八年前と同じく。

「昨日、再会したときからずっと抱かれたかった。だって、八年も会えなかったから」

「だ、だってお前は、矢田史郎の……」

愛人じゃないのかと言いかけた俺の唇を、薫の人差し指が押さえる。

「セフレだよ。身体だけの関係」

「…………」

八年前の俺と同じ。そういうことか。

なぜか胸に、やりきれない気持ちが溢《あふ》れる。

「だから、しようよ。八年ぶりに抱かれたい。響一に」

じっと目を見つめられ、薫から目を逸《そ》らすことができなくなる。

潤んだ瞳。瞬きをしたとき、涙の雫《しずく》が睫《まつげ》の先端に宿る。

「このあと、用事、ないんでしょ？　予約、真っ白だったし」

「それは……」

ネット予約のデメリット。予約状況がまるわかりになってしまう。これからは嘘でも週の半分くらいは予約済みとしておこう。

そんなことを考えている場合じゃないというのに、少しも思考が働かないせいか、今考えるべきではないことばかりが頭に浮かんでしまう。

「ねえ、しよう。昨日からずっとしたかった」

「…………」

耳元で囁かれ、熱い吐息が耳朶《じだ》にかかる。身体の芯にカッと火が灯《とも》ったのを感じたときには、俺の手は薫の背に回っていた。

「しよ」

薫が嬉しげな声を出し、俺に抱きついてくる。その背をしっかりと抱き締め返しながら俺は、八年前と同じ心と身体の高まりを感じていた。

どうやって自宅スペースまで行ったのか、正直、記憶はない。

気づいたときには、俺は自分のベッドで全裸となり、同じく全裸になった薫と抱き合っていた。

「ん……っ……んふ……っ」

一気に八年という長い歳月が埋まっていくのがわかる。合わせた唇から漏れる薫の吐息の熱さ。身悶《みもだ》える動きのエロさ。腰の細さ。

自分に男が抱けるなんて、当時は考えたことがなかった。何せ彼が言ったとおり童貞だ。中高、男子校だったので女子への耐性がなかった。二十歳を越して童貞というのはどうなんだと自分でも思ってはいたが、まさか初体験が男になるとは考えたこともなかった。

相手が薫でなければ『やりたい』とは思わなかったはずだ。

「ね、咥《くわ》えたい」

キスを中断し、薫が囁くようにしてそう告げる。

「……え……」

最初に彼と関係を持ったときにも、薫は積極的だった。

「……好きなんだ」

ふふ、と笑いながら薫が俺の下肢《かし》へと顔を埋《うず》めてくる。

「く……っ」

フェラチオはこの八年の間に、当時付き合っていた女性に何度もしてもらったことはある。しかし彼ほど巧みな人はいなかった。

八年前と同じく——否、それ以上の快感が俺を襲う。

舌使いが上手いというだけではない。俺を心地よくさせようという気持ちが誰より大きいのではないかと思う。

「ね、いい？」

俺の雄を口から出し、確かめるようにして問いかけてくる薫に俺は頷いたあとに手を伸ばし、彼の腕を摑んだ。

「挿《い》れたい？」

ふふ、と笑いながら薫が自ら仰向《あおむ》けに横たわり、大きく脚を開く。彼が勃起していることになんともいえない悦《よろこ》びを味わいながら俺は、その両脚を抱え上げると、フェラチオのおかげで完勃《かんだ》ちになっていた雄の先端を、既にひくついている彼の後ろに押し当てた。

「きて……っ」

薫が感極まった声を出し、俺に両手を差し伸べてくる。

『ほしい……っ』

八年前とまるで同じだ。貪欲に求められることがどれほどの悦びと快楽を俺に与えてくれていたか。

「あぁ……っ」

ずぶ。

雄を彼の中に埋め込む。心地よい締め付け。奥まで貫くと俺の下で薫の背が大きく仰《の》け反《ぞ》った。

「ああ……っ……くる……っ」

切羽詰まった声を出し、薫が俺へと両手を伸ばしてくる。摑まる先が欲しいのだろうと身体を落としてやりながら俺は彼の両脚を抱え直すと、堪《こら》えきれない気持ちのまま、突き上げを始めた。

「あぁ……っ……もう……っ……いく……っ……いく……っ……いっちゃう……っ」

薫が高く声を上げ、俺にしがみついてくる。

「響一……っ……あぁ……っ……響一……っ」

名を呼ばれる度に、胸に熱い思いが込み上げ、律動のスピードがあがる。彼をとことん、溺《おぼ》れさせたい。俺が。快感を味わわせてやりたい。誰でもない。俺が。

その思いのまま、彼の両脚をまた抱え直し、一層力強く突き上げていく。

「いく……っ……あぁ……っ……いっちゃう……っ」

いやいやをするように首を激しく横に振っていた薫が、

「あぁっ」

と仰け反ったかと思うと、二人の腹の間に白濁した液を吐き出した。

「……う……っ」

射精したことによるのか、薫の後ろが一段と締まる。その刺激に俺もまた達し、彼の中に精をこれでもかというほど注いでしまった。

「最高……っ」

薫が心底嬉しげな声を出し、両手両脚で俺の背を抱き締めてくる。

「ねえ……もう一回……っ」

一緒にいこう。薫のそれは可愛いおねだりに、鼓動と共に達したばかりの俺の雄がドクン、と大きく脈打つ。

「わ……」

頼もしそうに薫が微笑む。

「きて……っ」

彼に請われるまでもなく、俺はもう、やる気満々になっていた。抜かないまま、再び彼を突き上げ始める。

「あ……っ……あぁ……っ……あっあっあっ」

艶《つや》っぽい薫の喘《あえ》ぎに煽《あお》られ、ますます律動の速度があがるのが自分でもわかる。快感が脳を痺《しび》れさせ、微《かす》かに残っていた思考力が次第に無になっていく。

「もっと……っ……あぁ……っ……もっと……もっと……っ」

よほど感じているのか、薫もまた高く喘ぎ、背中に回した腕に力を込めてくる。

「……っ」

爪を立てられたようで、背中に痛みが走る。その痛みすらも心地よく感じたのは、よほど脳内にアドレナリンが溢れていたからに違いない。

「響一……っ……あぁ……っ……響一……っ」

激しく突き上げれば突き上げるほど、薫のそこのうねりが増し、雄を締め上げてくる。八年前と同じく、否、それ以上の快感を呼び起こす薫の身体にのめり込む自分を抑えることができなくなる。

「あぁ……っ……もっと……っ……きて……っ……ほし……っ」

自らも腰を揺らし、接合を深めようとする。性に貪欲な獣を抱く俺自身もまた、獣さながら彼を求めてしまっていた。

「いく……っ……あぁ……っ……いく……っ」

切羽詰まった声を上げ、薫が俺にしがみつく。

「一緒に……っ」

求められるがまま、共に快楽の頂点を目指す。八年という歳月が一気に縮まる。それが錯覚ということに気づくことなく俺は、薫との行為にひたすら没頭していった。


二度目の絶頂のあと、すぐに三度目に誘われたところまではなんとなく記憶があった。その後、三回目の射精をし、そして四回目――と求められたこともうっすらとは覚えていた。そうだ。八年前も尽きることを知らない薫の性欲には驚かされたものだった。『貪欲』という表現が彼ほど似合う男はいまい。

そんな濃いセックスをするのは久し振り――というよりセックス自体が久し振りで、はりきりすぎたせいか、はたまた昨日の二日酔いが少し残っていたからか、精を吐き出し切ったあと、どうやら俺はうとうとしてしまっていたらしい。

不意に響いたスマートフォンの着信音に、はっと目覚めたことでそれを知らされ、慌てて起き上がったものの、咄嗟にスマホがどこにあるかわからず周囲を見回した。

ベッドの下に脱ぎ捨てられたスラックスのポケットに入れたのだったとようやく思い出し、

手を伸ばしてスラックスを拾いポケットを探る。

『あ、所長。若頭がいらしたんですが、今、どちらですか』

「甲斐が？　用件は？」

問うてから、甲斐に用件などあったためしがないことを思い出す。

「すぐ戻る。ちょっと待ってもらってくれ」

そう言い、電話を切ったのは、室内に俺しかいないことに遅まきながら気づいたためだった。

横に寝ているはずの薫はどうした？　トイレか？　それとも水でも飲みにキッチンに行ったとか？

バスルームか？　と取り敢えず下着を身につけ、キッチンから浴室を巡ってみたが、薫を見付けることはできなかった。玄関に向かうと靴もなくなっていたので、この部屋にはもういないことが確認できた。

帰ったのだろうか。俺が寝ているうちに？　時計を見ると十二時を回っている。用事があったのだろうか。しかし帰るにしても、置き手紙くらい残してくれても——と、ここで俺は、もしや、とある可能性に気づき、慌ててデスクへと向かった。

「……やられた……」

デスクには昨日整理していた矢田史郎と薫の写真が載っていた。プリントしたものはすべて持ち去られている上、もしや、とデジカメの保存写真を見てみると削除されている。

しかしパソコンに保存した写真は無事なはずだ、とパソコンを立ち上げ、画像ファイルを開いた瞬間、俺は思わず、

「うそだろ?」

と呟いてしまっていた。

ないのだ。薫の写真だけが見事に。

くそっ。これが目的だったのか。歯ぎしりする思いだったが、再び携帯の着信音が寝室から響いてきたため、走って戻ると応対に出た。

『所長、まだッスか』

「今戻る」

声が苛立ってしまったことを反省しつつ、俺は手早く服を身につけると、鍵《かぎ》とスマホを摑み事務所へと戻った。

「お、どうした?」

事務所は禁煙にしたほうがいいと、本人が言っていたはずだが、紫煙の向こうから声をかけてきた甲斐にも俺は八つ当たりをしてしまった。

「禁煙なんだが」

「白龍のために煙草オッケーにしてやってくれ。どこにいた? 自宅か? 二人目の依頼人

が来たんだろ？　サボってたわけじゃないよな？」

　畳み掛けるようにして問いかけてくる甲斐の目が異様に真剣であることに戸惑いながら、俺は、

「やられた」

　と肩を竦めた。

「なにに？　なにを？」

　戸惑った声を上げる甲斐に俺は、隠せるところは隠して事情を説明することにした。どうにも腹に据えかねて、誰かに言わずにはいられなかったのだ。

「実は昨日の依頼人の恋人、俺の知り合いだったんだ」

「建宮って奴か？　今日の十時に依頼してきた」

　すべて筒抜けであることは想定内だが、にしても情報が早すぎる、と俺はちらと長谷川を見やったあと、

「そのとおり」

　と頷き、説明を続けた。

「彼の依頼は、年齢を誤魔化していることを矢田には知らせるなといったくだらないものだった。その後、久々だからゆっくり話したい、自宅に行きたいと言われ、家に上げたら隙《すき》を見て、昨日撮ったラブホの写真を盗まれた」

「ちょっと待て。突っ込みどころが多すぎて追いつかん」

なんなんだ、それは、と甲斐が呆れた声を上げる。

「話がまったく見えねえ。昨日の気の強そうな女の夫の愛人がお前の知り合いだった。で、写真を撮られたことに気づいていて、その写真を取り戻すために今日、アポを取ったと、そういうことか？」

『まったく見えねえ』という言葉に反し、正確に状況を把握していた甲斐がそう、確認を取ってくる。

「そのとおり」

「てかなんでお前、誰でも彼でも気易く自宅に招くんだ？　白龍も入れてたんだよな？」

「誰でも彼でもなんて入れちゃいないよ。八年ぶりに会った相手だから、懐かしさもあったというか……」

「八年も会ってなかった人間をなぜ信用するかね。八年前とは人柄も取り巻く環境も変わっていることが多いだろうに」

やれやれ、と呆れた様子で溜め息をつく甲斐を前に俺は、ごもっとも、と頷いてしまっていた。

考えるまでもなく、薫の言動は不自然だった。いきなりの訪問。いきなりの口説き。そしていきなりの——セックス。

乗った俺も俺だ。反省しかないが、さすがにそのことを甲斐に告げることはできなかった。

「調べてやろうか？　その建宮って奴のこと」

「いや、いいよ。とりあえず依頼人には写真なしで浮気の事実があったことを報告する」

「嫁さんが探偵雇ったことがわかってるんだ。すぐにも火消しにかかるんじゃないか？」

甲斐に指摘されるまでもなく、きっとそうするだろうと俺も思う。いや、正確には『そうしてほしい』と願っていた。俺としても依頼人に、浮気相手が薫であると知らせたくはないのだ。

薫を思いやっているわけでは勿論ない。薫と俺との関係が露呈するのを避けたいだけだ。

「とにかく、報告に行くよ。留守番、頼めるか？」

問いかけた相手は長谷川だったが、返事をしたのは甲斐だった。

「了解」

「いや、お前じゃない」

「少し休ませてくれよ」

「それならご自由に」

どうせ客も来ないだろう。この事務所を用意してくれた甲斐の頼みを断ることなどできようはずもない。

「若頭、何か召し上がりますか？」

途端にウキウキし始めた長谷川を横目に俺はデスクへと向かうと、昨日聞いた矢田の妻、沙織の携帯にかけてみた。

この時間だと仕事中だろうか。管理職っぽいから、十分十五分、面会の時間を作ってくれるといいのだが。

もし応対に出なかったら留守電を残すか、と思っていたのだが、相手はワンコールで電話に出た。

『はい』

「矢田さんですか？　山下です。ご依頼の件で早急にご報告したいことがありまして」

『もうわかったの？　早いわね』

沙織が驚いた声を上げる。

「今日は有休を取っているの。ウチに来られる？」

「わかりました。すぐ参ります」

自宅は白金台のマンション。昨日張り込んだばかりだから迷うことはない。

『待ってるわ』

通話はすぐ終わった。

「ちょっと行ってくる」

甲斐と長谷川にそう言い置き、俺は事務所を出たのだが、沙織に会う前にできればシャワーを浴びたかった、と、『すぐ行く』と言ったことを後悔した。

それにしても——電車に揺られながら俺は、いつしか薫のことを考えていた。

薫の目的は自分の写真を取り戻すこと。そのために俺に抱かれたのだろうか。別に身体を差し出さずとも、写真を入手する方法はあったのではないか。

たとえば正面切って交渉する、とか。地下鉄の窓に映る自分の少しくたびれたような顔を見ながら俺は、薫の気持ちを慮《おもんぱか》った。

なぜ、彼は俺に抱かれたのか。俺が誘ったわけじゃない。誘ってきたのは向こうだ。それは間違いないよな？

思考はいつしか、薫との行為へと及んでいく。

八年という歳月があっという間に埋まる気がした。八年という歳月、俺の上にはきっちり三百六十五日×八年、内二回閏年があるのでプラス二日、その日数だけ積み重なっているが、薫は八年前とまるで変わっていなかった。

不老不死と言われても納得してしまう。八歳も年をサバ読むなんて無理がありすぎるとは思うのだが、薫はなんなく『二十歳の大学生』という嘘を周囲に信じさせていた。

彼は今、一体何をしているのか。矢田史郎の愛人という以外に、今の彼の顔はあるのか。

そもそもなぜ、愛人になったのか。生活のためか。それとも——。

『セフレだよ。身体だけの関係』

愛人ではない。そう言い切った薫の笑顔をまざまざと思い出していた俺の口からは、自分でも驚くほど深い溜め息が漏れていた。

おかげで周囲の注目を集めてしまい、俯いた俺の脳裏にまた、薫の笑顔が蘇る。

彼にとっては俺も『身体だけの関係』だったのだろうか。八年前も、そして今も。

本人が『セフレ』と言ったのが答えじゃないか。我ながら女々しいと思いながら俺は、地下鉄の窓に映る自分の、八年前からきっちり年月分老けた顔をただぼんやりと見つめていた。

白金台のマンションにある矢田沙織の自宅は、いかにも彼女らしい、高級感溢れる家具と調度品に囲まれた部屋だった。

「やっぱり夫には愛人がいたのね？」

「はい」

「男？　女？」

「男でした」

「…………」

「大丈夫ですか？」

俺の報告を受け、息を呑んだ沙織の顔は真っ青になっていた。

案じずにはいられなかった俺に、沙織が青い顔のまま、「ええ」と頷く。

「……男かもしれないと、覚悟していたはずなのに、実際『男』と聞くと衝撃だわ」

沙織が溜め息交じりにそう言い、肩を竦める。

「……男女の差なく、愛人の存在にはショックを受けて当然かと思います」

「それはそうよね。それで？　どういう人なの？」

俺の言葉に沙織が苦笑しつつ問うてくる。ようやく彼女も話を聞く余裕を取り戻したか、と思いながら俺は、果たして薫のことはどう説明しようかと、最後の逡巡をしていた。

写真を持ち去られているのだから、彼に頼まれたことを守る必要はない。すべて正直に明かしていいはずなのに、口をついて出た言葉は、自分でも驚くほど薫の希望どおりのものだった。

「二十歳の大学生です。旦那さんの店の常連客のようでした」

「二十歳！」

驚いた声を上げたあとに、沙織は悲観的な顔となった。

「図々《ずうずう》しくない？　夫は三十八よ？」

「どうでしょう」

図々しいか図々しくないか。それは俺が決めることじゃない。返事を濁した俺を見て、沙織は一瞬憤ったような顔になったが、すぐ溜め息を漏らすと、礼と問いを発してきた。

「わかったわ。素早い調査をありがとう。相手の写真はあるかしら？」

「すみません。ホテルに入るところと出るところは確認できたんですが、写真は今回間に合わなくて」

「そうなの」

「次回までには必ず」

「わかったわ」

『間に合わない』とはなんだ、と、文句を言われるかと思ったが、沙織はショックをまだ引《ひ》き摺《ず》っているせいか、こちらが驚くほどあっさり、納得してくれた。

「二十歳の学生か……慰謝料は取れそうにないかしら。親から引き出せる？　親……もびっくりよね、きっと」

俺に話しかけているのか、それとも独り言なのか。微妙だったのでスルーしていると、沙織が我に返った顔になった。

「証拠写真を入手次第、連絡をもらえる？　相手の身元についての調査は今のところはいらないわ。男とホテルに入っただけでも充分、離婚の理由にはなるわよね」

「そうですね」

頷くと沙織はようやく満足げな表情となった。

「それじゃあよろしく頼むわね。仕事が早くて助かるわ」

「ありがとうございます」

本当は写真もあったんですけどね。そしてこれから写真が撮れるかはちょっと謎なんですけどね。

写真を持ち帰った薫が、再び写真を撮らせるような状況を自ら作るとは思えない。きっともう店には来ないだろう。ひたすら、史郎を張るしかないが、下手《へた》をすれば薫は彼との関係を断つのでは。

『下手をすれば』どころか、その可能性は高い。史郎は薫にベタ惚《ぼ》れの様子だったが、薫ははっきり『セフレ』と言っていた。

それが口から出任せでないことは、今日、俺と簡単に関係を持ったことが証明している。

いつしか一人の思考の世界にはまっていた俺は、沙織が、

「連絡を待っているわ」

と声をかけてきたことに、はっと我に返った。

「それでは失礼いたします」

帰れ、と言われたことに気づき、慌てて立ち上がり頭を下げる。沙織は玄関まで俺を見送ってくれた。

矢田邸を辞すときに俺は沙織に夫の居場所を聞いた。

「あなたから電話があった少し前に家を出たのよ。いつもより二時間以上、早い時間だというのに。仕入れがどうこう言ってたけど、きっと嘘だわ。でもホテルには昨日行ってるのよね。やだ。連チャン？」

いや、それはないと思う。危うく答えそうになり、笑顔で誤魔化す。薫はつい先程まで一緒にいた。これで薫が今、史郎と『致している』というのなら、どれだけ性に貪欲なんだと呆れる。

しかし写真を取り戻したという報告のために密会するというのはありそうだ。取り敢えず史郎の店に行ってみるか、と俺はこのあとのスケジュールを決めると、一応、その旨を留守番の長谷川にメールで伝えることにした。

長谷川からはすぐに『りょ』という返信がきた。どうやら『了解』という意味らしい。

新宿へと向かう地下鉄の中で俺は、『りょ』の一言ではすまない甲斐からの長文メールを受け取った。

『建宮薫という二十八歳の男は日本国内に存在しない。いかにもな偽名だが、どこの誰か、俺が調べようか?』

偽名。昨日彼は何といっていたか。

『今は建宮っていうんだ。母親の姓なんだけどね。両親が離婚したんだ』

それが嘘だとすると、彼の名字はやはり『吉野』なのだろうか。しかしなぜ、偽名を名乗った? 俺に対してだけではなく、史郎に対しても名乗っていたのか? その理由は?

俺は甲斐に、『吉野薫』についても調べてほしい、とメールを打ちかけ、思い留まった。

理由は——かつての二人の関係が知られるのを避けたためだ。ヤクザの情報網は警察を軽く凌駕《りょうが》することは、甲斐との付き合いが再開したときからこれでもかというほど目《ま》の当たりにしてきた。

第一、その情報網があったからこそ、俺が警察を辞めたことを彼はいち早く聞きつけ、俺のもとを訪れることができたのだ。

八年も前のことではあるが、決して知られたいものではない。加えて罠にかかったとはいえ、また薫とは『関係』してしまっている。

それはさすがに知られたくない、と俺が思うのは無理のない話だとわかってほしい。って俺は一体、誰に向かって言い訳をしているんだか。

ともかく、史郎を見張ろう。薫の出方はわからないが、史郎のあの様子では執着されるに違いない。

「……ああ……」

そのための『偽名』に『偽プロフィール』か、と、今更のことに俺は気づいた。

執着されようが、薫の名前も『二十歳の大学生』という経歴もすべて嘘なのだ。突然姿を消したとしても史郎には探しようがない。

しかし、別れを予測してそんな手を打つなんて、どういうつもりで薫は史郎と付き合っていたのだろう。

単に『セフレ』以上の関係になるつもりがなかったから嘘をついていたのだろうか。

しかしなぜ『セフレ』なんだ？

俺のときも――。

不意に俺の頭に、身体に、八年前、薫と過ごした日々が、彼を抱いたときの感触が蘇った。

『抱いた感触』はほんの数時間前のものか。

彼はなぜ、八年ぶりに俺に抱かれたのだろう。

『ずっと抱かれたかった』

甘く囁いてきたその言葉を本心と信じるほど、俺はおめでたくはない――つもりだ。

それでも――。

八年前『抱いてほしい』と囁いてきた、彼の言葉には嘘はなかったと信じたい。

そんな気持ちになる自分に驚きながらも俺は、今、考えるべきは史郎の浮気の証拠をいかにして写真に残すか、だろう、と自分を律すると、やはり一度カメラを取りに事務所に戻ることにするか、と気づかねばならないことにようやく気づき、向かう先を変更したのだった。

5

事務所にはデジカメだけを取りに戻ったのだが、長時間、史郎を張るのならやはり車で行こう、とやはりこれも開所時に甲斐が用意してくれた黒塗りのバンに乗り込んだ。

今日は余程暇なのか、まだ事務所にいた甲斐が同行したがったが、そこまで世話になるわけにはいかないと断り、単身、俺は史郎の店へと向かった。

ビルの出入り口を見渡せる、ちょうどいい場所に停車できた幸運に感謝し、長丁場になりそうだと覚悟する。

バーの開店時間にはまだ余裕がある。今、店内には果たして誰がいるのだろう。

『店に行った』と妻に告げたという史郎の言葉に嘘がなければ彼は店内にいるはずだ。

開店まで待つか。開店したあとには店に行ってみるか。薫から俺の正体を吹き込まれているとしたら、店を訪れるのは危険か。

取り敢えず、必要なのは『浮気の証拠』だ。今、史郎は店にいるという。もしもその場に薫もいれば、密会の証拠にならないか。

いっそ二人でいるところに踏み込むというのはどうだろう。こちらの身分を史郎に明かした上で、薫から写真を取り上げる。とはいえ写真は既に処分しているだろうから得策とは言えないか。

あれこれ考えたが、結局俺はバーの開店時間を待つことにした。薫が出てきたら即座に取り押さえる。そう思っていたが、いくら待っても彼がビルから出てくることも、そして入っていくこともないまま、午後七時の開店時間を迎えることとなった。

その後も出入り口を見つめ続けたが、ビル内の店舗を訪れる客たちは数名いたものの、これと気になることは何もなかった。

また客を装って店を訪れようかと迷ったが、それをすれば確実に浮気の証拠を掴むことはできなくなると思うとなかなか決心がつかず、取り敢えずは閉店を待つか、と思ったそのとき、店へと入っていく見覚えのある女性に気づいた。

確か今度結婚すると言っていた『百合子』だ。隣にいるのは婚約者だろうか。

連日、通い詰める彼女もまた、実は史郎の愛人ということはないだろうか。そんなことを考えたが、昨日見た感じ、結婚を楽しみにしているようだったと思い出し、単に見せびらかしに来たのかと考え直した。

もしかしたら過去、男女の仲にはなっていたかもしれない。だからこそ連日訪れた上で結婚相手を再度連れてきたのかもしれないが、たとえそうだったとしても、クライアントである妻が探しているのは『今の』浮気相手だ。

それにこれから結婚しようとしている女性の過去を暴くというのも気の毒だ。ここはスルーで、と見守ることに徹しようとしていたのだが、なぜか百合子とその連れは、すぐに出てきてしまった。

「休みなんて珍しいんだけど」

ちょうど車の横を通ったときに、彼女が推定婚約者に対して残念そうに告げた言葉が聞こえてきた。

「……休み……？」

バーの定休日は日曜日のはずだった。しかも史郎は妻に『仕入れの関係で』と普段より早く店に出ているはずだ。

しまった。史郎の『店に行く』という言葉が最初から嘘だったのか。だとしたら無駄な時間を過ごしてしまった。

やはりいるかいないかくらいは確かめるべきだった。後悔したものの、次に向かうべき場所も特に思い当たらなかったので、取り敢えずは店には本当に誰もいないのかを一応確かめてから帰ることにした。

ビル内に入り、史郎の店のある二階へと向かう。ドアには確かに『closed』の札がかかっていた。が、ドアの隙間から微かに明かりが漏れているのが気になった。

店内に電気はついている。なのに店を開けていない。

となると、もしや今、中には史郎と薫がいるのではないか。

『店内での密会』は、浮気証拠としてはインパクトが弱い。とはいえ、沙織に『夫の浮気相手は彼』と見せることはできる。

写真を撮ったらすぐ、退散しよう。上手く撮れるだろうか。何事も『初めて』は緊張する。失敗したら即退散。それでいこう。心を決めると俺は、出来る限り音を立てないように心がけつつ、店のドアを開いた。

「………」

中に足を踏み入れた途端、人の気配がしないことに落胆する。単なる電気の消し忘れだったということか、と溜め息をつきながらも、無人で施錠もしないというのはどうなのだ、と余計なお世話の心配をしながらカウンターへと向かう。

今日は平日。なぜ店を開けなかったのか、とカウンターを覗き込んだ瞬間、俺は、その理由を察した。

「うそだろ」

冗談じゃない。カウンターの内側の床に倒れていたのは――史郎だった。

どう見ても死んでいる。それがわかったのは、彼の顔が既に土気色だったことと、もう一つ、何より彼の胸にナイフが刺さっていたからだった。

死後、数時間は経《た》っている。現場保全の観点から俺はカウンター内に入ることを躊躇《ためら》い、さて、これからどうするかと考えた。

死体を発見した上で、無視もできない。しかし通報した結果、痛くもない腹を探られるのは面倒だ。

もと刑事と知られるのも面倒臭い。依頼のことは守秘義務で隠さねばならないし、何より、状況的に自分は最有力容疑者となり得るに違いない。

それを避けるには、と考えた結果、俺は昔馴染みを頼ることにした。

ポケットからスマートフォンを取り出し、かけ始める。

『え？　山下さん？　どうしました？』

俺が電話をしたのは刑事時代の後輩、大浦《おおうら》だった。

『お元気ですか？　連絡待ってたんです。元気にしてるかなって、昨日も峰岸《みねぎし》たちと話してたんですよ。落ち着いたら飲もうという約束、忘れてないですよね？　いつ落ち着くんです？　ずっと待ってたのに』

自分で言うのもなんだが、大浦も峰岸も俺のことを慕ってくれ、甲斐のことが問題になったときには随分と庇《かば》ってくれた。

早々に退職を決めたのは、二人に迷惑をかけたくないという気持ちもあったのだが、少なくとも彼らなら俺の言葉に耳を傾けてくれるという確信があった。

「連絡できなくてすまなかった。その上、ちょっと面倒なことになっているんだ。今、俺の前に死体がある」

『え？』

大浦が戸惑った声を上げる。そりゃ戸惑うだろうと思いながら俺は、

「とにかく来てくれないか？」

と、今いる場所を伝えた。

『わかりました。すぐ行きます』

戸惑ったまま電話を切った大浦に、迷惑をかけることはすまいと思いつつ俺は、一体いつ、史郎は殺されたのだろうと考えた。

俺がビルの前で張っている間に彼が殺されたとなると、俺は犯人が出入りする様を見ていたということになる。

疑わしい人物はいただろうか。ざっと思い返すに、それらしい人間はいなかったという結論にすぐ達する。

入ってすぐ出てきたのは、昨日のバーの客、百合子と彼氏くらいだ。とはいえ俺の意識は薫が来るか否かにのみ向いていたので、見逃しは『ない』と断言はできない。

断言できるのは、薫は出入りしていないということだけだ。

「……一体誰が……」

史郎を殺したのだろう。ナイフは胸に刺さっている。心臓を一突き。カウンター内に仰向

けに倒れているが、周囲に争ったあとはない。

どういう状況で刺されたのだろう。カウンター越しでは今のような倒れ方にはならないだろうから、犯人もカウンター内に入ったのか。後ろ手にナイフを隠し持ち、史郎に近づいて振り向かせたところを刺した。

となると顔見知りの犯行ということだろうか。特定するのは危険か。しかし顔見知りでもない限り、カウンター内に人を入れるとは考え難い。

カウンターの内側にあるキャビネットの引き出しが開いている。中を物色したあとがあった。他、荒らされたあとはない。が、もともとカウンターしかない店で、荒らせる場所はそのキャビネットくらいしかないことを思うと、物盗《ものと》りの犯行ともいえそうだった。

そんなことをつらつらと考えていたときに、店のドアが開き、聞き慣れた声が俺の名を呼んだ。

「山下さん、どういうことです?」

駆けつけてくれた大浦に俺は、簡単に事情を説明した。

「すぐ鑑識を呼びます。事情聴取くらいはさせてもらうことになりますが、山下さんを容疑者扱いはしませんのでご安心を」

大浦は笑顔でそう言うと、キビキビとした動作でまずは鑑識に、続いて俺が教えた史郎の妻、沙織に連絡を入れ、俺には車で待機していてほしい、と告げた。

「そのほうが嫌な思いをされないですむかと」

大浦が言いづらそうにそう告げたのはどうも、結局俺が今、甲斐の世話になり探偵事務所を開いていることを、快く思っていない人間が警察内には多いからのようだった。やはり現職中からヤクザと癒着があったと見なされているのだろう。

「悪いな」

「いや、こちらこそ」

恐縮する大浦に頭を下げ、車に戻る。やがてパトカーのサイレン音が響いてきたかと思うと、数台の車がビルの傍に停《と》まり、かつての同僚たちがビル内へと吸い込まれていった。

その後、鑑識のバンも到着し、青い制服を着た彼らが中へと入っていく。その頃には随分と野次馬が集まっており、その中に犯人らしき人間はいないかと観察していたそのとき、ポケットの中でスマートフォンが着信に震え、誰からだと訝りながら取り出し画面を見やった。

「？」

見覚えのない番号である。一応、出てみるかと指で操作し、耳にあてる。

「はい」

名乗らず、相手の反応を見た俺の耳に響いてきたのは、予想外といっていい男の声だった。

『響一？　僕。薫』

「な……っ」

まさか薫からかかってくるとは。どの面を下げて、と怒りのまま怒鳴りつけようとするより前に、薫が話しかけてくる。

『色々言いたいことはあるだろうけど、頼みがある。警察で僕の名前は出さないでほしい』

「え？」

どういうことだ？　薫は既に、史郎が殺されたことを知っているのか？　それともまったく別件か？

『またすぐ連絡するから。事情はそのとき説明するから！』

「おい、待て。一体どういう……っ」

ことだ？　と聞こうとしたときには既に通話は切れていた。無音となった電話を見つめていた俺の耳に、コンコン、と車の窓をノックする音が響き、慌てて視線を向ける。

外にいたのは大浦と峰岸だった。ロックを解除すると俺が開けるより前に大浦がドアを開け、二人して中に乗り込んできた。

「ひとまずここで状況を説明しますね。矢田史郎さんの殺害時刻は午後一時、前後一時間の誤差はあるかもということでした。解剖所見が出たら詳しい時間もわかるでしょう。死因は見たとおりですが、これも解剖待ちです。鑑識が指紋と足跡を調べてます。このあと、署で山下さんの指紋と靴裏、とらせてもらっていいですか？」

「協力する。指紋はドアには確実に残っている。開けたからな。死体を発見したあとには気をつけたが、昨日も来ているから他にも残っているかもしれない」

「浮気調査でしたっけ。奥さんからも聞きましたよ。他の捜査員が迎えにいってます。遺体の確認を求めたら、探偵にしてもらえばいいと拒否られそうになりました」

肩を竦めた大浦の後ろから峰岸が遠慮深く問うてくる。

「あのう……山下さんのアリバイについて、聞いておきたいんですが……」

「アホ、『アリバイ』とか言うなよな」

大浦が峰岸の頭を勢いよく叩く。

「いや、聞いて当然だろう。第一発見者なんだから」

きっと刑事の間では、俺に疑いを持つ人間も多いのではないかと思う。それだけに二人の気遣いを申し訳なく思いつつ、俺は犯行時刻近辺の自分の行動を説明し始めた。

「午後一時はちょうど、矢田沙織と彼女の家で会っていた。依頼の内容も本人から聞いたんだよな?」

確認を取った俺に、大浦が「はい」と頷く。

「夫の浮気調査ですよね。依頼したのが一昨日で、もう突き止めたなんて本当に仕事が早いと感心した、さすがもと刑事だというので、現職中も非常に優秀だったと自慢しそうになりました」

「……ありがとう」

冗談でも嬉しい、と笑った俺に、大浦は、

「いや、本気です」

と真面目に頷くと、問いを発してきた。

「妻曰く、夫の浮気相手は男だそうで。その人物が怪しいんじゃないかと言うんですが、山下さん、相手の素性は既に摑んでるんですか？」

「………」

摑んでいる――どころか、よく知る男だった。その上彼は俺がせっかく撮影した浮気の証拠写真を奪い去っている。身体を使うという非常に卑怯な方法で。

犯行時刻が午後一時で、俺がこの場所に来たのは午後三時過ぎだ。彼が俺の事務所を出たのは十二時より前のはずだから、充分犯行は可能だ。その上、先程は口止めの電話までしてきた。

警察で自分の名は出すな――その言い分から、史郎が殺されたことを彼は知っているのではないかと思われる。このタイミングで。なぜ彼は知り得たのだ？　俺が通報した直後といってていい時間だというのに。

一番考えられる可能性は、彼が史郎を殺したから、というものだ。彼ならカウンター内にも入れるだろうし、隙を突いてナイフで心臓を一突き、ということもできそうだ。

これは知らせるしかないだろう。何を言われようとも――と、思ったはずであるのに、俺の口から出た答えは違った。

「顔はわかる。大学生だということだった。名前は『かおる』。そう矢田史郎には呼ばれていた」

なんてことだ。俺を思いやり、最大限に気を遣ってくれている可愛い後輩に嘘をつくとは。大学生なものか。薫は同い年だ。八年前、彼は俺のセフレだった。セフレはともかく、正確な年齢や名前、それに俺のもとから写真を持ち去ったこと等、説明するべきだと、頭ではそうわかっているのに、なぜ、明かすことができないのか。

「昨日、店に行ったと言ってましたもんね。そこで見かけたんですね」

山下に確認を取られ、「ああ」と頷いた直後に、マズい、と気づく。

昨日、店には百合子と友達が来合わせていた。彼女たちの事情聴取を行えば、薫と俺が昔馴染みであったことがバレてしまう。

「ああ。俺を誰かと間違えていたようだった。話を合わせていたら、史郎が嫉妬してみせたので、もしや愛人はこの男なのではないかと思い、外で張って二人がホテルに入ったことを確認した」

すらすらと嘘が口をついて出る。先程までは『嘘』はついていなかった。真実を『言わなかった』だけだが、もう、その言い訳は通用しない。

なんということだ。なぜ俺は嘘をついている？　百合子らは薫が俺の名を呼んだことを言うだろう。人違いでなぜ、名を知っている？　今からでも遅くない。先程薫に口止めを頼まれたから嘘を言った。真実は八年前から知っている男だと、なぜ俺は言わないのか。

「『かおる』ですか。史郎とその男が行ったホテルを教えてもらえますか？　写真は撮ってなかったんですよね？」

大浦に俺を疑っている素振りは少しも見られない。彼の信頼を裏切るのは非常に心苦しいというのに、やはり真実を告げることはできなかった。

大浦にホテルの名前と場所を教えたあと、彼の運転する覆面パトカーの先導で捜査本部が立った所轄へと向かうことになった。

「そしたらまたあとで」

大浦と峰岸が笑顔で俺の車を降り、近くに止めていた覆面へと向かう。

「…………」

はあ、と溜め息を漏らしたそのとき、また、スマートフォンが着信に震え、もしや、と俺は慌てて画面を見た。

先程の番号を見てすぐ、応答する。

「薫か」

『ありがとう。話さないでくれて』

「！」

もしや。盗聴されていたのか、と気づくと同時に俺は電話を切り、電源も切った。盗聴器をしかけるとしたら携帯ではと思ったためで、スマホはそのままダッシュボードの下、グローブボックスに突っ込み、閉める。

スマホにアプリを入れられたのではないかと思ったのだった。行為の合間に、喉が渇いたと言われ、ミネラルウォーターを取りにいった。そのボトルに薬を入れられたのかと今更気づく。

いくら俺でも、行為が終わったあと、意識を失うようにして眠りこけるなんてことはないはずだ。しまった。すべてが計画的だということか。

となると――やはり史郎を殺した犯人は、薫、ということなんだろうか。

その可能性は高い。警察では薫について、一から十まで説明しよう。スマホも提出し、盗聴機能について調べてもらうことにしよう。

よし、と頷いた俺の頭に、薫の笑顔が浮かぶ。

『八年ぶりだね』

嬉しげに笑いかけてきた、あの表情も演技だったということか。写真を盗まれた時点で疑ってしかるべきだというのに、今更それを思い知るとは、と呆れながら俺は、山下の運転する覆面のあとを追うべく車のエンジンをかけ、ハンドルを握り直したのだった。

「おい、大変だったな」

約、三時間後。

事務所に戻ることができた俺を甲斐と長谷川が心配そうな顔で迎えてくれた。

大浦と峰岸の尽力はあったものの、指紋採取、靴跡採取、そして事情聴取、と、次から次へと刑事たちが入れ替わり立ち替わり現れ、それぞれ、数十分ずつ話を聞かれる。

取調室にこそ連れていかれなかったが、内容はほぼ『取り調べ』だった。署を出るとき、大浦と峰岸が土下座せんばかりに謝ってきたのを宥《なだ》めることが一番疲れた、と、溜め息を漏らす俺を、甲斐が労《いたわ》ってくれる。

「殺されたのは依頼人の旦那だったんだよな？　犯人の目星はまだついてねえのか？」

「相変わらず情報が早いな」

俺の退職のときもだが、今の今、起こっていることをなぜ甲斐は把握しているのか。

「やっぱり警察内にエスがいるんだな？」

「それを知ってどうする」

それより、と甲斐が俺に身を乗り出す。

「お前は容疑者じゃねえんだよな？」

「ああ、違う。何せ動機がない。アリバイのほうは微妙と言われたが」

「動機があるのはやっぱり、妻か愛人だよな。断然怪しいのは愛人だろう。何せお前を騙して証拠を持ち去るくらいだから。あとは物盗りの犯行か？　しかしあんなしけたバーに金があるとは思えねえよな」

甲斐に言われるまでもなく、俺ももっとも怪しいのは愛人だと――薫だと思う。もと警察官として、そんな怪しい人間を放置などできよう筈もない。そう。『筈もない』のだ。

それが――。

「……ともかく、俺には関係ない。初依頼人からは金を取れないことだけは確実だが」

「……関係ない……ねえ」

甲斐が探るような目を向けてくる。

「関係あったんだろう？　容疑者とは」

「昔な」

「どういう関係だったんだか」

「友達だよ。八年ぶりに会ったってだけだ」

「どういう友達だ？　俺は知らないぞ」

「……二ヶ月くらいしか付き合いがなかったから。偶然同じアパートだったってだけで」

なぜに甲斐に問い詰められなければならない。一旦、話を打ち切ることにしようと俺は甲斐と改めて向かい合った。

「ともかく、調査対象者が殺され、依頼は終わった。奥さんのところには明日にでも弔問《ちょうもん》に行くよ。調査のキャンセルを確認がてら」

「奥さんから新たな依頼があったらどうする？」

甲斐が俺を見つめながら問いかけてくる。

「新たな依頼って？」

「夫を殺した犯人を探してほしい、という」

「それは警察の仕事だと言うよ」

頼まれたとしても、警察以上の捜査ができるとは思えない。組織力を使えばすぐに犯人も見つかるだろう。

それを信じるしかない、と俺は甲斐に向かい、きっぱりとこう言い捨てた。

「この話はもう終わりだ。時間もちょうど午後七時。終業時刻だ。俺は疲れたから休みたいんだが」

「メシは？」

甲斐が渋々といった様子で立ち上がりつつ尋《たず》ねてくる。

「適当にすませる」

「寿司《すし》でも行くか？」

「疲れたから寝る」

甲斐が俺にこの上なく気を遣ってくれているのは勿論、わかってはいた。が、今は一人になりたかった。

一人になって考えたかった。なぜ俺は薫のことを警察に隠したのかという件を。

「わかった。ゆっくり休め。また様子を見に来るよ」

甲斐の表情にはこれでもかというほどの心配が表れている。俺がいらついているのがわかるだけに、より案じてくれているのだろう。

友情には感謝したい。しかしその友情に今は甘えさせてもらうこととしよう。

「ありがとう。でもお前も自分の仕事に専念してくれていいからな?」

結果として彼は今日は一日、この事務所に詰めていたことになる。大規模なヤクザのナンバー2がそれで務まるのか。心配になってくる。

「俺の仕事なんぞ、代わりがきくからな」

肩を竦めた甲斐の背後では、長谷川が真っ青な顔になり首をぶんぶんと横に振ってみせる。

それを見ずとも甲斐が真実を語っていないことは勿論わかっていた。

「……頼むから、自分の仕事をしてくれ。お前の組の人間に刺されたくない」

「ウチの組の人間がお前を刺すわけないだろうが」

呆れた顔になりつつも、甲斐は、

「それじゃまたな」

と素直に帰ってくれた。やれやれ、と溜め息をつくと俺は戸締まりを確認してから事務所を出、自宅スペースに戻ることにした。

中で繋がっていれば便利だというのに、と今更の文句を言いつつ、廊下を進んで自宅のドアの鍵穴に鍵を挿す。

「あれ」

鍵を回したがカチャ、という手応《てごた》えがない。出るとき戸締まりを忘れたか。我ながら不用心すぎるだろう、と自身に呆れてしまいながらドアを開いた俺の目に、予想もしなかった光景が飛び込んでくる。

「おかえり」

「……っ」

にこっと笑いかけてきた薫を前に、俺の頭が真っ白になる。

「ご飯、作って待っていようと思ったけど、冷蔵庫の中に何もないから取り敢えず、持ってきたチーズだけ切っておいた。ワインも持ってきたけど、響一、ビールのほうが好きだったっけ？」

あたかもその場にいるのが当然であるかのように、薫が語りかけてくる。衝撃が過ぎると次第に思考力が戻ってきて、気づけば俺は薫を怒鳴りつけてしまっていた。

「なんなんだ、お前は！」

「怖い。まあ、落ち着いて。ちゃんと話すから。まず、ビール飲もう」

「ビールはあとだ。先に話せ。一体どういうことなんだ？」

「ちゃんと話すよ。だからまずはビール飲もう」

　薫はどこまでもマイペースで、俺から言葉を奪っていく。

「さあ、座って。やっぱりチーズにはワインかな。赤と白、どっちがいい？　僕は赤が好きだから赤でいいかな。大学生のときには滅多にワインとか飲まなかったね。ああ、だから僕は響一がワインよりビールが好きだと思ったんだ。あの頃はビールばかり飲んでいたから。まあ、若い頃はワインよりビールだよね」

　俺をダイニングのテーブル前に強引に座らせた上で、いきなり思い出話をしかけてくる。その間にも彼の手は器用に動き、テーブル上にあった赤ワインのコルクをオープナーで開けていた。

「今は何が好き？　ワインは嫌いじゃないよね？」

　じっと俺の目を見つめ問いかけてきた薫の瞳が酷く潤んでいる。天井の明かりを受け、キラキラと輝くその目に意識が吸い込まれそうになる。すんでのところで踏みとどまることができたのはもう、奇跡といってもよかった。

「とにかく、話を聞かせてもらう」

きっぱりとそう告げた俺に、にっこりと薫が笑いかけてくる。

「もちろん。何から何まで話すよ」

言いながら薫が俺の前に置いたワイングラスに赤ワインを注《つ》ぎ始める。

彼がこれから何を話そうとしているのか。言い訳に違いない、ということ以外、一つとして予測することができず、俺はただワインを注ぐために心持ち伏せられた彼の瞳を覗き込み、その真意を測ろうとしていた。

6

「それで？　話ってなんなんだ？」

ワインを一口飲むと俺は、薫《かおる》を問い詰めにかかった。

「お前が殺したのか？」

「違うよ。さすがに人を殺したら自首してる」

さも心外そうな顔になった薫だが、今まで俺に何をしてきたかを思うと信じられる気がしない。

セックスで誘惑し、薬を盛って写真を取り上げた上で、盗聴し俺の動向を探っていた。そして古巣である警察に対して俺に嘘《うそ》までつかせている。

警察や依頼人に嘘をついたことまで責任を求められたくはないかもしれないが、と、ちらと思ったものの、『黙っていてほしい』と言われたのは事実だと無理矢理自分を納得させると、問いを重ねていった。

「矢田史郎《やだしろう》と今日、会う約束をしていたんじゃないのか？」

「していないよ。昨日の今日で会うと思う？」

「俺が知るか」

二人が会う頻度など知るわけがない、と吐き捨てると、

「調べてたじゃないか。僕たちのこと」

と逆に突っ込まれる。

「その写真を盗んでおいてよくそれが言えるよな」

思わず呆《あき》れてしまった俺に、薫は肩を竦《すく》めてみせたあとに、逆に問い返してきた。

「響一《きょういち》は別に、容疑者にはなっていないんだろう?」

「当たり前だ」

「警察は容疑者について、誰か名前を出していた?」

「……あのなあ」

話を聞きたいのはこっちだ、と睨《にら》む俺に、薫が身を乗り出してくる。

「悪かった。そして本当にありがとう。僕のこと、警察で誤魔化してくれて」

「だからなんでそれを知ってる? 俺のスマホに盗聴器を仕込んだのか?」

「そんな小さな盗聴器はないよ」

ぷっと噴き出した薫が悪戯《いたずら》っぽい笑いを浮かべ俺を見る。

「仕込んだのは盗聴アプリ。きょうび、便利になったよね」

「やっぱり盗聴してたんじゃないか」

なんて奴《やつ》だ、と呆れてしまうと、薫は、

「ソッチだって、僕を尾行して写真を撮ったじゃないか」

と口を尖《とが》らせる。あざといが可愛《かわい》い。しかし同い年だと思うと『ぶりっこ』としか思えない、と冷めた目を向けた俺に薫は、

「あれ」

と不思議そうな顔になった。

「昔はこの顔で誤魔化せたのになぁ」

「……誤魔化す気、満々だったんだな」

まったく、と睨み付けてからすぐ気づく。

「当時も誤魔化してたんだな」

「やだな。響一のことじゃないよ。矢田さんのことだよ」

「『昔』って言っただろうが」

「あれ？　言ったっけ？」

惚《とぼ》けようとする顔もまた、あざといくらいに可愛い。逆に可愛すぎて我に返ってしまったのは、彼のその顔が『演技』と気づいたからだった。学生時代ならともかく、今は俺も二十八。それに人を疑うのが仕事みたいな刑事の職についていたこともある。

「ともかく、お前と矢田史郎の関係、すべて聞かせろ。あと、お前のアリバイ。矢田はいつ

もより数時間早く家を出て店に向かったそうだ。お前が呼び出したんじゃないのか？　俺から写真を奪ったことを報告するために」

もう誤魔化されないぞという気持ちで俺は、薫を問い詰めにかかった。

「さっきも言ったけど、僕は今日、矢田さんとは連絡を取っていない。写真を盗んだことを報告していないし、店に呼び出しの電話もかけていない。嘘じゃないよ。信じて」

「それなら俺の部屋から出たあとはどこで何をしていた？」

「ああ、アリバイだっけ。家に帰ったよ」

「家ってどこだ？」

「吉祥寺。井の頭公園の近く。そういやさ、昔一緒に行ったよね。公園入り口にあるあの有名な店……なんだっけ。ああ、『いせや』か。最近行った？」

「余計なことは言わなくていいから」

やはり誤魔化す気満々のようだ。が、もう二度と同じ手には乗らない。もと刑事を舐《な》めるな、と睨みながら俺は、彼への追及を緩めず続けていった。

「矢田史郎との関係はいつからだ？」

「三ヶ月前くらいかな。飲み会のあと、ちょっと飲み足りないなと思って一人で彼の店に行ったらナンパされたんだ」

「………」

にこにこと笑いながら、薫は俺の問いに答えている。

「矢田には大学生と言っていたんだったな。実際は今、何をやってるんだ？」

「内緒」

「は？」

「だから内緒だよ。プライバシーの侵害だ」

「…………」

なんだと？　と怒声を上げそうになったが、薫にこう言われては怒鳴れなくなった。

「警察の取り調べじゃないんだし、プライバシーは守らせてよ。ちゃんと矢田さん絡みのことには答えるから」

ね、と笑ったあとに今度は薫のほうから俺に問いかけてきた。

「矢田さん殺害の状況を教えてほしい。店内で殺されていたの？　死因は？」

「それを聞いてどうする？」

理由がわからない。問いかけた俺に薫が、

「犯人は誰なのかと思って」

と首を傾《かし》げる。

「物盗《ものと》りの犯行とかじゃないんだよね？」

「さあな」

見たところ、金銭目当てとは思えなかった。レジ等を確かめたわけではないが、引き出しを物色された跡はあるとはいえ、店内を荒らされた形跡はほぼなかった。金銭目当てであれば、棚に並ぶ未開封の高級ウイスキーくらいは持ち出すのではないかと思う。

そしてカウンター内で倒れていた被害者、史郎は正面から刺されていた。顔馴染《かおなじ》みの犯行と考えていいのではと思うも、それを薫に説明する義理はない。

そもそも信用できるとは思えないというのに。ちらと顔を見やると薫は、

「ケチだな」

と不満そうな声を上げたものの、それ以上追及してくることはなかった。

「まあいいや。そのうち、ニュースでやるだろうから」

肩を竦めてみせたあと、再び俺に向かい身を乗り出してくる。

「一番聞きたいこと、聞いてもいいかな？」

「なんだよ」

質問の内容が何であっても答えまい。質問するのはこっちだ。史郎との関係も詳しく聞けていないし、アリバイだって『家にいた』では信用できない。早く主導権を握らねば、と思いながら問い返した俺に尚《なお》も身を乗り出すと薫は、掠《かす》れたような声で彼の『一番聞きたいこと』を問うてきた。

「どうして……僕のこと、警察に言わないでおいてくれたの？」

「え」

予想外の問いに思わず声が漏れる。

「頼みはしたけど、無理だろうなと覚悟してたんだ。でも響一は黙っていてくれた。どうして？　僕との関係を他人に知られたくなかったから？　ゲイばれしたくなかった？」

「馬鹿な」

否定してから俺は、ならなぜだ？　と、自分で自分に問うていた。

なぜ、俺は警察にも甲斐《かい》にも薫のことを隠したのか。矢田沙織《さおり》にも薫の真実の姿は明かさず誤魔化している。

言わないでほしい。そう頼まれただけで、別に『過去の関係をバラす』と脅されたわけではない。しかも脅されたところで、今の俺にとっては痛くも痒《かゆ》くもないというのが事実だ。

なのになぜ、俺は薫の言うことを聞いてしまったのだろう。気づけばまじまじと見つめてしまっていた先で、薫が困ったように笑う。

「そんな風に見られると、期待しちゃうんだけど」

ドキ。

「期待？」

鼓動が高鳴ったのは薫の少し恥ずかしそうな笑みを見たからだった。今までのあざとさをこれでもかと感じさせるような作った微笑《ほほえ》みではなく、今、彼は素で笑っている。

「……まだ、好きなのかな、とか」

しかし、ぽつ、と呟《つぶや》かれた言葉を聞いた途端、我に返ることができた。そんなわけがあるか、と動揺したせいである。

「ば……っ……馬鹿な……っ」

「だよね。さすがにないよね」

ははは、と薫が照れたように笑い、頭を掻《か》く。そんな彼の笑顔も『素』のもので、またもどきりとしてしまいそうになるのを俺は気力で堪《こら》えると、

「さあ、警察に言えない理由を聞かせてもらおうか」

と彼の目を見据えた。

刑事の頃《ころ》、取り調べは比較的、得意としていた。今、押せば喋《しゃべ》る。そのタイミングを見誤ったことはまずない。

薫に関して、それは『今』だった。すべて話してもらおうか、と俺は彼の目を真《ま》っ直《す》ぐに見据え、口を開くのを待った。

しかし——。

「ごめん。まだ、言えないんだ」

「薫」

まさかの拒絶に俺は一瞬、唖然《あぜん》としてしまった。

「ごめん。でも信じてほしい。僕は犯人じゃないから」

薫はきっぱりそう言うと、

「行くね」

と言葉を残し、部屋を駆け去っていく。

「待てよ」

あとを追いかけ、外に出る。しかし薫の逃げ足は速く、俺がビルの外に出たときには彼は通りかかったらしいタクシーに乗り込んだあとだった。

「おいっ」

声をかけたが既にタクシーは走り出しており、あとを追おうかとも思ったがすぐ、諦めタクシー会社とナンバープレートを覚えると俺は自宅へと引き返した。

テーブルの上にはワインとチーズが並んだままになっている。結局、ワインを数口飲んだくらいで、チーズは手つかずだった——と、そんなことはどうでもよくて、と俺は覚えたナンバーを忘れないようメモすると、スマートフォンを取り出し大浦《おおうら》の番号を呼び出した。

「…………」

だが結局、俺が電話をかけることはなかった。そのままスマホをポケットに戻し、テーブルの上のワイングラスを取り上げ、一気に飲み干す。

自分でも何をしているんだと思う。誰が考えても薫は怪しい。だいたい、こうして俺の家に潜んでいたことからして怪しすぎる。

盗聴だけじゃなく、俺を眠らせている間に奴は、この家の鍵まで勝手にコピーしたのだ。明日にも早速、鍵を替えよう。事務所のほうもコピーをとられたかもしれない。キーホルダーにはキャビネットの鍵もつけてあった。それもまた替えないといけないのか。

面倒くさい。溜め息《たいき》とともにグラスをワインで満たし、また、一気に空ける。

『ワインよりビールが好きだと思ったんだ。あの頃はビールばかり飲んでいたから』

八年前。大学生だった俺たちにとってアルコールといえばビールだった。薫と初めて会ったときにも、飲んでいたのはビールと、それに安い国産ウイスキーだったように記憶している。

飲み過ぎてアパートに戻り、そのまま俺の部屋に二人して入るとセックスに雪崩《なだ》れ込んだ。当時童貞だった俺はなされるがまま、やけに積極的だった薫に上に乗っかられ、行為が始まった——という記憶がうっすらある程度で、酔っ払っていたせいでその翌朝も、そして今も当時のことはあまり覚えていない。

酔った勢いで始まった薫との仲は、酔いが覚めたあともなんとなく続いた。同じアパートだったからよく顔は合わせたし、そのたびに誘い誘われ互いの部屋で抱き合った。

苦学生だと言っていた彼の部屋はほとんど荷物がなかったなと、ぼんやり当時の記憶を辿《たど》っていた俺は、今はそんな場合じゃないだろうとすぐに我に返った。

なぜ薫はこの家で俺を待っていたのか。『説明する』と言っていたが結局は何も言わずに帰ってしまった。

どちらかというと俺が説明を求められていた。そうか、俺から矢田史郎殺害について情報を聴取したかったのかと納得するも、『なぜ？』という疑問がすぐに頭を擡《もた》げる。

彼は犯人ではないと主張していた。ならなぜ、事件について聞きたがる?

可能性として考えられるのは唯一、彼が犯人である場合だろう。もしくは彼の仲間が犯人である場合。だからこそ、捜査情報を聞きたがった。

とはいえ、俺のスマホに盗聴アプリを仕込んでいたのだから、大浦らとのやりとりは既に聞いていたはずだ。

彼の目的は一体、なんだったのだろう――？

考えたところで結論は出ない。わかりきったことだというのに、どうにも思索がとまらない。

一旦彼のことは忘れて、俺が巻き込まれた矢田史郎殺害について考えることにしよう。史郎は誰に殺されたのか。殺害目的は？　史郎について調べてみようと心を決める。

浮気相手についての調査はする予定だったが、史郎本人については、ほぼ何も知らない状態である。

『愛人』以外の交友関係は。あの店は彼のものなのか。雇われ店長と聞いた気がする。勤務先についても調べてみよう。そして経歴。

妻、沙織との出会い。浮気歴。沙織との関係はどうなのだろう。冷え切っているのか。それとも表面上は上手《うま》くやっているのか。

もし冷え切っているとしたら、沙織にも夫、史郎を殺す動機はあるということか。

「いや、待てよ」

酔っ払ってきたのか、思わず声に出てしまった。俺が史郎の浮気相手について、報告をしに行ったときには既に史郎は彼の店の中で死んでいた。

となると妻は嫌疑から外していいのか。浮気調査の依頼を探偵にしてきたのは疑いがあったからだろう。答えを聞く前に殺意を持つだろうか。昨夜から今朝にかけての間に夫婦間でいざこざがあった可能性もゼロではないので決めつけは危険ではあるが、俺なら浮気の事実が確かめられた時点で殺すことを考えるのでは、と思えて仕方がない。

となると誰が一体、史郎を殺したのだろう。

正解のない思考はするだけ無駄だとわかっているのに、それでも俺が史郎殺害の犯人を考え続けたのはおそらく、薫のことを考えまいとした結果ではないかと思われた。

酔いが回り机に突っ伏してしまいそうになりながら、俺は目を閉じれば浮かんでくる彼の顔を払《はら》い退《の》け必死で事件のことを考え続けたが、結局はなんの結論も出ないままベッドに向かうこととなった。

「…………」

寝室に入った途端、俺の目に飛び込んできたのは、ベッドサイドのテーブルに置かれた見覚えのない箱だった。

手に取ってみてそれが、コンドームだと気づく。

「あいつは何を考えてたんだ……」

『やる気』満々だったということか。なのになぜ出ていった？　その気がなくなったから？　随分勝手じゃないか、と俺はコンドームをゴミ箱に放り込もうとし――勿体《もったい》ないか、とまたテーブルの上に戻した。

ますます、薫の気持ちがわからなくなる。

彼は何を思って今夜俺を訪ねたのか。彼の目的は遂行されたのか。なぜ、ああも急に帰ってしまったのか。

また来るつもりなのか。そこまで考え、自分が薫の不法侵入を許しているようだと気づいた俺の口から溜め息が漏れる。

ともかく、鍵は替える。盗聴もやめさせる。その上で彼と再び話すこととしよう。

手段として考えられるのは交換したラインだ。とっくの昔にＩＤを削除している可能性はあるなと思い、スマートフォンを操作しかけたが、気力が失《う》せ、そのまま俺はベッドにダイブした。

すべては明日だ。明日のことは明日、考えよう。

スカーレット・オハラかよ、とつまらない突っ込みをしながら目を閉じた俺の瞼《まぶた》の裏には、困ったように微笑んでいた薫の顔が浮かんでいた。


翌朝、事務所に顔を出し、長谷川《はせがわ》に予約状況を確認すると、予想どおり、

「ゼロッスね」

という答えが返ってきた。

「悪いが留守番を頼む」

「どこに行くんスか？」

途端に長谷川が警戒した顔になる。今までにないリアクションだが、考えてみれば外出自体、そうなかったかと思い返すと俺は、別に隠すことでもないか、と行き先を答えた。

「矢田史郎についてちょっと調べてくる」

「ちょっと待ってください」

そのまま送り出してくれると思ったのに、長谷川は厳しい声でそう言うと、やにわにポケットからスマートフォンを取り出しどこかにかけ始めた。

「し、失礼しやす。長谷川です。所長が外出するそうです。矢田史郎のことを調べに行くとのことで」

「おい、どこにかけてるんだ？」

答えを予測しながら問うた俺の言葉は、彼の耳には少しも届いていないようだった。

「わ、わかりやしたっ」

電話の相手に何か指示を受けたらしい長谷川は直立不動となり返事をすると、恭《うやうや》しく電話を切り、はあ、と溜め息をついた。

「それじゃいってくるから」

多くは聞くまい。それに指示の内容も聞くと後悔する気がする。それで俺は一言声をかけると事務所を出ようとしたのだが、それを慌てた様子で長谷川は俺の前に回り込むことで制してきた。

「なに？」

「これから若頭がいらっしゃるんで！」

「………」

やはり電話の相手は甲斐だった。こんなに頻繁にここに来て大丈夫なのかと案じつつも、俺も俺でやることがあるのだと、長谷川を見る。

「悪いが出かけたと伝えてくれ」

「留めておけと言われたんで」

しかし長谷川はそう言ったかと思うと、力ずくでも外には出すまいといった勢いで俺を睨んでくる。かわせないことはないが、この先の人間関係を思うと強引に出ていくのはどうかと、俺は肩を竦めると自分の席に戻った。

「コーヒー淹《い》れますんで」

長谷川がほっとしたように息を吐き、俺にぺこりと頭を下げる。この隙《すき》に、とも思ったが、それこそ信頼関係にひびが入るかと、俺は諦め、パソコンを立ち上げ事件がニュースになっているかを確かめた。

ネットにはまだあがっていない。新聞は、と、数紙とっている新聞の社会面を見たが、やはり掲載されていなかった。

長谷川の淹れてくれたコーヒーを飲みながら、ネットで矢田史郎のことを調べていると、ようやく甲斐が現れた。

「よお」

「おい、なんでお前が来るまで外出禁止なんだ？」

その意図は、と問うた俺に甲斐がさも当然のことのようにこう告げる。

「事件のことを調べるんなら手を貸そうと思ったんだ」

「気遣いはありがたいが、大丈夫だ」

お前はお前の仕事をするといい。そう言おうとした俺の声に、甲斐がいつになく厳しい声をかぶせてくる。

「それが『大丈夫』とも言えなくなった。あのバーにはきな臭い噂《うわさ》がある」

「きな臭い噂？　なんだ？」

問いかけた俺に甲斐は一瞬答えかけたが、すぐ、

「お前は知らないほうがいい」

と首を横に振った。

「どうして」

「知ればお前の身にも危険が迫る可能性が高い」

「…………」

甲斐が抑えた声で告げた内容を聞き、ピンときた俺はそれを確かめることとした。

「裏社会と繋《つな》がっていた？」

「だから言う気はないと言ってるだろうが」

むすっとして言い捨てた甲斐に、構わず問いを重ねる。

「矢田史郎を殺したのも裏社会の人間だと？」

「…………」

しかし甲斐は答えることなく、難しい顔を向けてくる。

「違うのか？」

「わからん」

甲斐の答えは嘘や誤魔化しではなく、本当に『わからない』ようだった。

「……しかし、殺しのプロの仕業と言われれば納得できないこともないんだよ」

話さないのなら、とこちらから話を振ることにする。

「ナイフは心臓を一突き。正面からだった。店内には争った跡はなかったし、さほど荒らされた様子もない。正面から刺されるなんて、顔見知りにしても抵抗しそうなもんだろう？」

「……まあな。しかも心臓を一突きなんて、素人《しろうと》にできる所業とは思えんしな」

甲斐もまた頷《うなず》いたが、すぐ我に返った顔となると、

「そういうわけだから、この件からは手を引け」

と厳しい顔でそう告げた。

「……わかった」

頷いたものの、俺は『手を引く』つもりはなかった。裏社会がらみとなると俄然《がぜん》、気になることが出てきたからだ。

しかし納得してみせないと甲斐は居座り続け、俺の外出を阻むだろう。悪いと思いはしたが、気になるものを捨て置くことはどうしても俺にはできなかった。

「素直すぎて信用できんな」

さすが幼馴染み、甲斐には見破られたようだが、敢《あ》えてなのか肩を竦められただけで終わった。それこそ長年の付き合いで、俺が考えていることなどすべてお見通しなのかもしれない。

「お前が刑事ならこんなお節介は言わないが、今は一般人だ。身を守る術《すべ》もなければ後ろ盾もない。一人の人間の存在を消すことなど、造作もない連中がいることを忘れるなよ」

「忠告ありがとう」

甲斐の言うとおり、警察という組織に身を置いていたときと今は違う。もと後輩たちのおかげで捜査情報を入手できはするが、捜査に加わることは当然できない。

手帳も拳銃も手錠も持っていない。危険に晒《さら》されたとしても駆けつけてくれる同僚はいない。確かに身を守る術はないのだ。

改めてそのことを自覚し、礼を言った俺に、甲斐はまた、肩を竦めてみせただけだった。

少し照れているのか耳がほんのり赤くなっているのがなんだか可笑《おか》しい。

甲斐の友情には感謝しかなかったが、それでも気になる気持ちは止められなかった。

「矢田沙織のところに弔問《ちょうもん》に行くくらいはいいだろう？　依頼の取り消しに来てもらうのも悪いし」

「不要だとは思うがな」

甲斐は不満そうだったが、店には近づかないことを条件に渋々頷いた。彼の許可を得ると

いうのもなんだか変だなと思いながらも俺は、

「それじゃ、行ってくる」

と声をかけ、一人事務所をあとにした。

移動は地下鉄を使うことにし、乗り込んだあと、忘れていた、とスマホを取り出した。盗聴器ではなくアプリを仕込んだと言われていたのでチェックをし、自分で入れた覚えのないアプリを三つほど見つけて愕然となる。

本当に薫はどういうつもりだったのか、とアプリを削除している間に目的の駅に到着したため、地下鉄を降りたものの、すぐ、手ぶらでいいのかと考えた。

花でも買っていくか。いや、まだ遺体は警察から戻っていないのか。悩んだ結果、とりあえずは手ぶらでいいか、とそのまま沙織の家に向かう。

彼女の在否を確かめていない。留守ならまた出直そう。彼女からは夫のことを聞くつもりだったが、おそらく彼女のほうでも俺に聞きたいことはいくらでもあるに違いない。

離婚を考えていたとはいえ、夫が殺されたのだ。さぞショックを受けていることだろう。

しかし俺の予想は沙織と対面した直後に覆されることとなった。

「あの……何しにいらしたの？」

警戒心バリバリ。身構えられていることがありありとわかる様子で迎えられ、言葉に詰まる。

「あ、いや。ご弔問に。あと、私がご遺体の第一発見者でしたので、説明にあがったほうがよいかと」

「別に説明はいらないけど……ともかくあがって」

どうぞ、と一応家に上げてはくれたが、どう見ても歓迎されているとは思えなかった。

「遺体はまだ警察なのよ。いつ戻されるかわからないから、葬儀の予定も立てられなくて困るわ、と言いながら俺にソファを勧め、

「お茶でも淹れるわね」

とキッチンへと向かおうとする彼女の背に、

「すぐ帰りますのでお構いなく」

と声をかける。

「あらそう？」

お茶を淹れるというのはポーズだったのか、俺の遠慮を彼女はあっさり聞き入れると、目の前のソファに座った。

「ご依頼の件ですが、キャンセルということでこちらで手続きをしておきますので」

先にこれを言えば少しは歓迎モードになるのでは。そう思ったのだが、沙織のリアクションはまたも予想を裏切るものだった。

「支払うわよ。調べてもらったんだもの。それに今回、迷惑もかけたしね」

今お金を持ってくるわ、と立ち上がろうとする彼女に俺は慌てて、

「それでは請求書を後日お送りしますので」

と告げ、会話の継続を試みた。

「そう？　面倒だから今払ってしまいたいのだけど」

「すみません、まだ計算書があがってないもので」

それは嘘ではなかった。初めての依頼だったのでどんな『計算書』にするのかはこれから決めるということは内緒だが。

「概算でわかれば今、多めに渡すわよ。警察に事情を聴かれたんでしょう？　容疑者にはならずにすんだ？」

沙織は実にさばさばしており、夫を亡くした悲しみは彼女からは微塵《みじん》も感じられなかった。

「はい。動機がありませんから」

「動機ね……」

沙織がぽつ、と俺の言葉を繰り返す。

「…………」

沙織には一般的見地からいって『動機』はある。愛人を作った夫を許せなかった。だから殺した――というには、彼女の態度はさばさばしすぎていた。

既に愛情はなかったのだろうか。夫の史郎は何度も浮気を繰り返していた、とか？　いよ

いよ愛想を尽かし、離婚するために探偵を雇って浮気の証拠固めをした。既に愛情はなくなっていたので、殺されても別に悲しみはない。

そういうことなのだろうか。しかしそれを直接本人に確かめるのはなんともハードルが高い。それで俺は話題を変えることにした。

「ご主人はいつからあのバーを？」

「二年前……三年前だったかしら。脱サラしてバーテンになりたいと言い出したの。大学生のときにバイトでやってたからって。どうも会社でとんでもないミスをしたみたいで、それで辞めたくなったみたい。昔からそういう人なのよ。堪え性がないというかなんというか」

肩を竦めた沙織は確か百貨店勤務の管理職だった。逃げていないがこその地位なのだろう。

納得しつつ俺は、いい機会だ、と質問を始めることにした。

「お二人の出会いは？」

「高校の同級生なの」

「高校生のときから付き合ってらしたんですか？」

「まさか。二十八のときに同窓会があったの、卒業十周年とかいって。そこで十年ぶりに再会して付き合い始めたのよ」

「同窓会ですか」

十年ぶりの再会。俺の脳裏に『八年ぶり』の再会を果たした薫の顔がちらと浮かぶ。

「十年も経《た》つと外見も中身もすごく変わるじゃない？　夫は高校の時はまるで冴《さ》えなかったのよ。それが十年ぶりに再会したらイイケの商社マンになってて。それで結婚したけど、やっぱり人間ってそうそう変わるものじゃないのね。中身は相変わらずしょぼかったわ。まあ、そんな男を選んだのは私なんだけど」

「…………あの…………」

あまりに悪し様《あしざま》な言いように、つい、口を挟みそうになり、慌てて俺は思い留まった。

「なによ」

「いえ。今までご主人が浮気をされたことはあったんですか？」

咄嗟《とっさ》に頭に浮かんだ問いを発すると、沙織はむっとした顔になりつつも答えてくれた。

「何度もね。でも火遊び程度で今回みたいに同じ相手にのめり込むことはなかった」

「でも相手は男だったじゃないですか。今までご主人の愛人に男はいなかったんですよね？」

先日の話しぶりだとそんな印象を受けた。そう思い確認を取ると沙織は、

「まあ、そうだけど」

と頷いたあと、ぽつ、と言葉を足す。

「男とか女とか、そういうことじゃなくて、なんだか……馬鹿みたい、と思ってしまったのよ。相手は二十歳なんでしょ？　主人は三十七。いい歳《とし》してみっともないというか。愛人作る甲斐性ないくせに、とか」

「…………」

『馬鹿みたい』

結婚をしたことのない俺には何を言う権利もないが、一度は愛した相手に対してそういう感情を抱《いだ》くようになったらもう、『家族』ではいられないのかもしれない。

その原因となったのが薫だと思うと、なぜか俺の胸も痛んだ。が、『馬鹿みたい』はさすがにないんじゃないかと言おうとしたのがわかったのか、沙織は再びぼそりと言葉を足した。

「ごめんなさい。私、今、相当動揺しているみたいだわ」

「……普通はそうだと思いますよ」

フォローはしたが、俺の胸にはやはり違和感が生じていた。

今まで少しも『動揺』などしておらず、終始夫を責めていた。今更過ぎるだろう、と呆れた目を向けた俺の前で、沙織がぼそりとまた呟く。

「……ともかく……終わったことよ。すべて」

「…………」

果たして本当にそうなのだろうか。『終わり』どころか『始まり』であるのでは、と思いながら見つめる沙織の顔色は本当に悪く、彼女は何か隠しているに違いないという思いと共に俺は我が胸に生じた違和感の正体を探るべく、尚もじっと沙織の目を見つめたのだった。

7

矢田沙織のもとを辞したあと、さてどうするかと考えた結果、やはり史郎のバーに行ってみることにした。現場百回。近辺の店に史郎の評判を聞いてみようと考えたのだ。

雇われ店長ということだったから、オーナーを訪ねるのもアリだ。よし、と頷いた俺の脳裏に、甲斐の言葉が蘇《よみがえ》る。

『あのバーにはきな臭い噂がある』

手を引け、と言われた。しかし反社会的勢力が関係しているのであれば、より手を引けなくなった。

その理由は――いうまでもなく、薫がかかわっているからだ。

気にする必要はない。頭ではわかっているのに、気持ちのコントロールができない。

薫は史郎の愛人だった。ホテルに行っていたし、肉体関係があるのは間違いないだろう。

年齢を誤魔化していたことには普通に呆れた。が、俺を騙《だま》して――というかセックスで誤魔化して、浮気の証拠写真を取り上げてきたあたりで、これはただごとではないと感じた。

史郎が殺されたあとはその思いは更に強くなった。俺を盗聴した上で、自分が愛人であることを警察には黙っていてほしいと頼んでくる。一連の行動から導き出される答えは一つ。

犯人は彼だ。

しかし――。

『ごめん。でも信じてほしい。僕は犯人じゃないから』

薫の言葉が、真摯《しんし》な瞳が俺の脳裏に蘇る。

嘘に決まっている。だいたい犯人が『自分が犯人です』と言うはずがない。今までの行動を見るに、『疑わしい』どころか『唯一無二』といっていいほど、犯人に適しているというのに、なぜか俺は彼を犯人とは思えずにいた。

理由は自分でもわからない。いわば『刑事の勘』だ。既に刑事ではないから正しくは『もと刑事の勘』となるが、それが俺を混乱させているのも事実だった。

勘ではなく、希望的観測ではないのか。薫は犯人などではないと思いたいのでは？

それほどの思い入れはないはずだ。そりゃ、再会してすぐセックスはした。だがそれは薫が誘惑をしてきたからだ。写真を盗み出すために。それがわかったあとには薫への思いは失せた――はずだ。

微《かす》かに残っているのは郷愁。そして――『初めての男』という特別感。

その特別感を利用されているのだ。彼が犯人だ。理性はそう言っている。しかし『勘』が『違う』と言っているのだ。

それで甲斐の忠告を無視し、訪れた史郎のバーで、ちょうど聞き込み中だった後輩の大浦と会えたのは幸運だった。

「山下《やました》さん、どうしたんです？　もしかして被害者の奥さんに依頼でもされました？　犯人を捜してほしいって」

「いや。奥さんは非常にサバサバしてたよ。個人的に気になっただけだ。捜査の邪魔をする気はないよ」

「いやあ、実は早々に行き詰まってしまって。どうもプロの仕業っぽいんですよね」

「プロ？　ヤクザか？」

甲斐の言ったとおりということか。問いかけた俺に大浦が「おそらく」と小声で告げる。

「ヤクザの息のかかった店だったと？」

客筋はそんな感じではなかった。一日ではわからないとはいえ、店のインスタを見るに、ヤクザとのかかわりがあるようには見えない。

「聞き込みをした感じでは、その気配はないんですが、被害者の交友関係をあたっていくと、どうも怪しいんですよね。主に金銭面が」

「金銭面？　あの夫婦は妻もかなり稼いでいるんじゃないのか？」

金遣いが荒いというのだったら、妻から得ているのでは、と言いかけた俺に、大浦が肩を竦める。

「桁違《けたちが》いなんですよ。裏カジノで随分と有名だったようです。あのバーも赤字じゃないがそう黒も出ていない。奥さんにも探りを入れましたが、最近は金を渡すこともなくなったというんですよ」

「なるほど。収入源が裏社会の疑いがあるというんだな」

「ええ。今、その線で当たってますが、これがなかなか……ヤクザは警察相手になると結束が固いですからねえ」

「確かにな」

頷きながら俺は、ヤクザが史郎に金を投資するとしたらどんな役割を期待したのか、と考えた。

「とにかく、山下さんに疑いがかかることは皆無ですから。安心してください。それから……」

ここで大浦が言いづらそうな顔になり、言葉を続ける。

「あまり、現場には近づかない方がいいかもしれません。不愉快な思いをするようなことになりかねないので……」

「ありがとう。お前も大丈夫か？」

警察内には未《いま》だに俺に対していい感情を抱いていない人間がわんさかいるということだろう。そうした人間は上層部に多いのではないかと思われるだけに、捜査情報を俺に明かすこ

とで大浦の立場が危ういものにならないかと心配になり、問いかけると、

「俺の心配より自分の心配してくださいよ」

と呆れられてしまった。

「俺はもう警察辞めてるからなぁ」

「僕はもともと、出世とは無縁ですからね。せいぜい、抵抗しますよ。山下さんをクビにした上司に従う気にはなれません」

「気持ちはありがたいが、無茶はするなよ？　お前だって高い志をもって刑事になったんだろう？」

ますます心配になり念を押す。

「やっぱり、山下さんと一緒に働きたかったなぁ」

大浦がしみじみとそう言い、溜め息をつく。

「……ありがとな。近々、飲もう。あまり短気を起こすなよ？」

なんやかんやいって警察は縦社会である。俺のことで大浦が上に反発しているという噂も聞いていたし、実際昨日、目の当《あ》たりにもしていたのでそう注意を促すと、

「ありがとうございます」

と、大浦はどこか寂しげな目で答え、頭を下げた。

彼と店の前で別れたあと俺は、大浦の忠告に従い店から離れると、昔、少しかかわりのあ

ったヤクザを訪ねることにした。

ヤクザ関係なら甲斐に聞けば話は早いんだろうが、あまり迷惑をかけたくないのと、彼からは釘《くぎ》を刺されてしまっていたのでさすがに聞けないと思ったのだ。

刑事だった頃、俺に情報を流してくれていた三下に電話を入れると、久々の連絡を喜んでくれた彼はすぐ、面談場所を指定してくれた。

「山下さん、噂は聞いてますよ。龍星会《りゅうせいかい》の若頭が後ろ盾になったんなら安泰ですね。警察クビになったと聞いたときには何かお役に立てないかと考えてましたが、ほっとしました。いつでも連絡くださいよ。ああ、何も龍星会に恩を売りたいわけじゃないですよ」

川村組《かわむらぐみ》の若い衆である彼の名は北島《きたじま》といった。所属している組織は弱小といっていい規模だったが、目端が利き、裏社会の情報には聡《さと》かったので情報屋として重宝していた。

なぜか他の刑事より俺を慕ってくれているのは感じていたが、こうして刑事を辞めた今も前と同じく接してくれるのはありがたく、俺は改めて彼に礼を言った。

「礼なんていいですよ」

北島は照れた顔になるとすぐ、身を乗り出し問うてきた。

「それより今日は何をお知りになりたいと？」

「昨日殺された矢田史郎。新宿の『ブルーバード』というバーの雇われ店長をしていた……わかるか？」

「ええ。わかります。この一年あまり、カジノで目立ちまくってましたから。ありゃ、浅田《あさだ》組《ぐみ》に嵌《は》められてましたね。ある程度稼がせて、その後は容赦なく追い詰めるっていう……かなり借金もしていたはずです。とはいえすぐにまたカジノに現れた上に、厚遇されるようになっていましたから、何か浅田組とギブテがあったんじゃないかと。まあ、推測ですけど」

「推測でもいい。どんなギブテだったと思う？」

俺の問いに北島は、

「そうですねえ」

と考え考え喋り出す。

「売春斡旋《あっせん》かヤクじゃないかと思うんですけど、売春のほうは比較的足がつきやすいんです。ソッチの噂が聞こえてこないところをみると、ヤクじゃないかと思いますが、裏を取るには少々、お時間いただくことになります」

「ありがとう。そこまでしてもらうのは申し訳ない。浅田組の情報だけでも非常に助かった」

礼を言い、金を渡す。

「また贔屓《ひいき》にしてやってください」

ご連絡待ってます、とぺこりと頭を下げると北島は立ち去っていった。

浅田組。新興の組だと聞いた覚えがある。ヤクザに『真っ当』という表現はともかく、真っ当な組は手を出さない覚醒剤で資金を集め、勢力が拡大しているのではなかったか。

帰って甲斐に聞いてみるか。下手《へた》をすると組同士の抗争になりかねないか、と思いつき、甲斐を頼ることは見送った。

刑事であれば浅田組に聞き込みにも行けた。浅田組も警察官が相手であれば表立っては手を出すことなく、事情聴取にも応じてくれただろうが、『もと刑事』相手にはその気遣いはしないに違いない。

俺も命は惜しいので、正面からぶつかるのは避けるとして、どこから手をつけるべきかを考えよう。

史郎が出入りしていたという裏カジノを探るか。北島は既に店を知っていたようだった。しかし金もない上、史郎と浅田組の関係を客やディーラーに聞こうとすれば即刻浅田組の連中に通報されるのは目に見えている。

やはり店近辺を当たるしかないか。大浦の気遣いには感謝するが、多少の『嫌な思い』は酒を飲めば忘れることができる。

そうと決まれば、と俺は史郎のバーに引き返しかけたが、ふと、妻は何か気づいていなかっただろうかという可能性に思い当たった。

借金を背負えばまず、妻に頼ったりしないだろうか。頼れなかったからヤクザのギブテに乗ったのか。とはいえ、夫婦であれば夫の変化には気づいたに違いない。

何せ浮気に気づいたのだから。よし、と俺は心を決めるとスマートフォンをポケットから取り出し、沙織にかけ始めた。

『探偵さん？　どうしたの？』

すぐに応対に出てくれた沙織に、これから話を聞きに行きたいのだがと伝えると、

『葬儀もろもろで忙しいの。電話じゃ駄目？』

という答えが返ってきた。

「お忙しいところすみません。実はご主人の金銭関係についてお伺いできればと」

『何を調べているの？　てっきり請求書の件かと思ったのに』

「申し訳ありません。少々気になりまして」

酷《ひど》くつんけんしているなと思ったが、忙しいからだろうと納得する。

『私は何も気にならないわ。早く請求書を送ってちょうだい』

それじゃあ、と愛想なく沙織は電話を切ってしまった。

「…………」

仕方ない、と思いはしたが、一抹の違和感を抱いたのは、彼女は夫を殺した犯人についてまるで気にならないのかと思ったからだった。

しかしすぐ、捜査は警察が行うものだと思っているからか、と理由を見つける。

俺が金目当てに、新たな依頼を求めていると疑われたのかもしれない。ああ、そうだ、請求書。長谷川に作ってもらわねば。

それはともかく、次に起こすべき行動はこれだ、と俺は先程考えたとおり、史郎の店に向かうことにした。

あのビルには数軒、テナントが入っていた。ヤクザの出入りがあったら気づくのではないか。北島が言うには覚醒剤絡みではないかということだったから、史郎が覚醒剤の販売に関与していたら噂くらいは聞いていたかもしれない。

あのバーで販売していたのだろうか。ない話ではない。一般人も来るがそこまでの人気店ではなさそうだった。

そこそこ人は入る店。覚醒剤を密《ひそ》かに販売するには最適だろう。とりあえずあのビルのテナントを一軒ずつあたり、裏をとることにしよう。

この時点で俺は、一番重要なことに気づいていなかった。

警察官であるのなら、殺人事件の捜査をするのは当たり前だが、『探偵』は依頼ありきだということに。

依頼もないのに探ったところで、報酬は誰からももらえない。いわば今、俺がやろうとしていることは『趣味』に他ならない。

それでも動かずにはいられないのは、刑事の血が騒ぐから――ではないことは、自分でもよくわかっていた。

要は気になるのだ。薫のことが。

薫がどんなかかわりをもっているのか。それを知りたい。彼が史郎殺害に関係していないことをこの目で確かめたい。

なぜ、そんなことを思うのか。そこは自分でもよくわかっていなかった。

八年ぶりに出会ったセフレ。俺としては『恋人』のつもりだったが、本人からはっきり『セフレ』と言われた。

そんな男が今、どんな生き方をしているかなど、考える必要はない。浮気調査の依頼はもう解決した。対象が殺されたとはいえ、依頼がないのだから調べる理由などないのだ。

なのに調べようとしているのはなぜなのか。そこに謎があるから——というのは自分でもとってつけたものすぎて、口にするのも憚《はばか》られる。

知らぬうちに頬に血が上ってきたので、俺は一旦思考を手放すことにした。

なんでもいいのだ。自分が気になるから調べる。それを理由にしよう。

脳裏に浮かぶ薫の面影から必死で目を背けようとしている自分の心理はもう考えるまでもなくわかっているというのに、それでも俺は気づかぬふりを続けるという愚行から逃れられずにいた。

史郎の店が入っていたビルのテナントを一軒ずつ回ってみたが、警察手帳がない状態での聞き込みがこうも大変なものであるか、身に染みてよくわかった。

探偵と名乗った時点で終了、という店舗が二軒あった。食い下がると警察に通報すると言われて慌てて退散したが、自分の意識を改革する必要があることを思い知った瞬間だった。

それでも史郎のバーと同じフロアにあったカフェの店主からは気になる情報を得ることができた。

「言われてみれば、時々、ヤクザっぽい人が出入りしていましたね。反社会的勢力ってなんとなくわかるじゃないですか」

カフェの店長は時々来たというヤクザの特徴もよく覚えていた。

「片足を引き摺《ず》ってましたね。左足だったかな。年齢は四十代後半くらいか……サングラスをしていたから顔はちょっと。背は高かったです。メンソールの煙草《たばこ》、吸ってました。今時喫煙者は珍しいのでよく覚えてます」

浅田組は『要注意』ということになっていたので、幹部の情報も我々捜査一課には出回っていた。

左足が不自由でメンソールの煙草を吸っている長身の男。浅田組の若頭がそんな特徴だった。

この件を果たして警察は認識しているのか。していなければ知らせるべきではないか。

そう思ったために俺は、カフェを辞したあとに、大浦に電話を入れようとした。

「……留守電か」

どうやら大浦は今、電話に出られる状態ではなかったようで、留守番電話に繋がってしまった。仕方がないので俺は、

『史郎の交友関係について知らせたいことがある』

とメールをしたものの、俺が入手できるような情報は警察はとっくの昔に得ているかもなと苦笑し、スマホをポケットにしまった。

さてこれからどうするか。やはり直接薫から事情を聞きたい。ダメ元でラインをしてみようかと再びスマートフォンを取り出したそのとき、目の前の路地に黒塗りのバンが停《と》まり、いきなりわらわらと数名のチンピラたちが車から降りてきたかと思うと俺を取り囲んだ。

「？」

俺に用があるのか？　まさか浅田組か？　それにしては早すぎないか？

「山下だな。探偵やってるっていう」

チンピラの中では一番格上と思われる中年の男が、ドスのきいた声で確認を取ってくる。

これで『違います』と言えば逃れられるのか。ちらとそんな思考が頭を掠めたが、それを実行するより前に他のチンピラに凄《すご》まれてしまった。

「ちょっと顔貸してくんねえかな。なに、手間はとらせねえよ。ちいとばかし聞きたいこと

があってね」

一人がそう言ったかと思うと、俺に向かって若いチンピラがわっと飛びかかってくる。抵抗もなにもあったものではなく、彼らが乗ってきたバンに連れ込まれてしまった。

車の中でアイマスクをかけさせられ、手には手錠をかけられる。

「そういやあんた、お巡りだったんだってな。どうだい？　手錠をかけられる気分は」

視界が遮られているので揶揄《やゆ》した相手は見えないが、どうやら最初に声をかけてきたリーダー格の男ではないかと思われる。

ここは『最悪です』と答えるところなのか。そう答えれば答えたで怒りを買うのか。迷ったので無言を貫くことにした俺の耳に、男の舌打ちが聞こえる。

「無視かよ」

「いや、そうじゃなく……」

むっとされてしまったようなので、身の安全のために言い訳をしようとしたが、それより前に男が喋り出していた。

「いきがってられるのも今のうちだけだ。無傷で帰れると思うなよ。まあ、そもそも帰れりゃ御の字だろうがよ」

「………」

実にわかりやすい脅しである。彼らは何を俺から聞き出そうとしているのか。提供できる情報の心当たりがまるでない。

なぜ俺は拉致されたのか。矢田史郎殺害に関して調べていたからだろうか。俺が到達しつつあった結論は、史郎が浅田組に取り込まれ、覚醒剤に手を染めたのでは、ということだ。史郎自身に使用歴があれば、解剖で明らかになっているだろう。しかし大浦は何も言わなかった。となると考えられるのは『販売』。

こうして拉致されたということはやはり俺の推察は正しく、史郎は覚醒剤売買にかかわっていたということになるのか。とはいえ俺はまだなんの行動も起こしていない。

なのに拉致とは、早すぎるだろう。それはどうした理由からか。

考えたところで結論は出ない。どこへ連れていかれるかはわからないが待つしかないか、と早々に諦めの境地に達しはしたが、肌で感じる危機感が募ってくるのはわかった。

脅しではなく状況によっては『帰れない』ことになるかもしれない。助けを求めるとしたら警察だろうか。警察は頼りになるのか。通報される前に殺されることのないよう、気をつけることとしよう。

まずは落ち着く。密かに息を吐き出した俺の脳裏になぜか、薫の顔が浮かんだ。

彼と思わぬ再会をしてから、トラブルばかり起こっている。いや、その前に、矢田沙織の浮気調査だ。俺の事務所の最初の依頼がこんな状況を呼び起こした。軽い気持ちで探偵事務所を始めてしまったが、もっと危機感を持ったほうがよかったかもしれない。

後悔先に立たず。あとをも絶たず。くだらないことを考えるなよと自らに突っ込みを入れたあたりで車が停まる気配がした。

「降りろ」

チンピラに腕を摑《つか》まれ、車から降ろされた上で建物内に連れ込まれる。目が見えない状態なので、俺の両脇をチンピラが固め、歩かされる。エレベーターに乗ったことはわかった。組事務所だろうか。浅田組の事務所は新宿にあったんだったか。記憶を辿っていた俺をチンピラはエレベーターから下ろすと、廊下を少し進み、立ち止まった。

「連れてきやした」

「入れ」

ノックをし、開いたドアの向こうに声をかける。中から響いてきた声にも心当たりはなかった。チンピラたちに押しやられるようにして部屋に入らされ、後ろでドアが閉められる。

「座れ」

突き飛ばされた先にはソファがあった。座り心地は悪くない。ということは、と予測を立てていた俺の顔からアイマスクが外される。

「お前がサツやめた探偵か」

目の前に座っている男の顔には見覚えがあった。確か名前は真田《さなだ》といった。面識はなく、資料の写真で見ただけである。

座っているので片足を引き摺っているかはわからない。が、彼が吸っているのはメンソールの煙草だった。

彼が浅田組のナンバー2。時折史郎の店に現れていた『サングラスの男』に違いない。

そして――。

「え?」

真田から視線を周囲に巡らせたとき、部屋の隅にいた人物を見た俺の口から驚きの声が漏れた。

「奥さん……?」

そう。チンピラたちに囲まれ、青ざめた顔で立っていたのは矢田沙織で、どうして彼女がこの部屋に、と不思議に思うと同時に、自分が拉致された理由を察した。彼女が俺の名を浅田組に明かしたのだろう。

「若頭に返事をしねえか」

沙織に視線が釘付けになっていた俺の頭をチンピラの一人がバシッと叩《たた》く。『突っ込み』なんてもんじゃない。マジで痛い、と思いながらも、視線を若頭の真田へと戻し頷いてみせた。

「そうだ」

「矢田史郎の周りを嗅《か》ぎ回ってた。間違いないな?」

「嗅ぎ回っては……」

ない、と答えかけた俺の後頭部をまた、チンピラが勢いよく叩く。

「痛っ」

『叩く』ではなく『殴る』または『強打する』だ。平手ではあるが、と悲鳴を上げた俺に、俺を殴った男がドスを利かせた声をかけてきた。

「ネタはあがってるんだよ。矢田の嫁に聞いたんだ。浮気調査をしていたってな」

『ネタはあがってる』って、お前らは警察か、と、突っ込みを入れたかったが殴られるのがわかっていたため、素直に答えることにする。

「確かに三日前に浮気調査の依頼は受けた」

しかし『嗅ぎ回る』より前に殺されたというのが事実だ。それは言わずにいた俺の前で真田がにっこりと微笑む。

強面の『にっこり』ほど恐ろしげに見えるものはない。背筋を冷たい汗が流れ、思わず声を失った俺に、相変わらず『にっこり』したまま真田が問いかけてきた。

「探偵さん、その浮気相手について、話を聞かせてもらおうか」

「……っ」

息を呑《の》みそうになり、慌てて堪える。

まさか、拉致された理由が薫のことだったとは。俺はちらと沙織を見やった。沙織は相変わらず青ざめた顔を俯《うつむ》けている。

しかしなぜ薫を浅田組が探しているのか。やはり覚醒剤絡みだろうか。薫もまた、覚醒剤にかかわっていたと、そういうことか？

わからないながらも俺は、気持ちを落ち着かせ、なんとか誤魔化そうと話し始めた。

「浮気相手は男だった。ホテルに入ったところまでは突き止めたが、どこの誰かということの調査はこれからだった」

「私の言ったとおりでしょう？　嘘はついてないわ。早く家に帰してちょうだい」

と、ここでそれまで黙り込んでいた沙織が悲鳴のような声を上げる。ヒステリックと言うより、恐怖のあまり叫んでいるといった様子の彼女の声を聞き、俺はなんとなく状況を察しつつあった。

「それが本当だとしたら奥さん、あんた、随分無能な探偵に依頼したことになるぜ」

真田はあくまでもにこやかだった。が、彼の目が笑っていないことは明白で、凄みのある声音に沙織がヒッと息を呑み、口を閉ざす。

「探偵さんよう、あんた、もと刑事なんだろう？　しかも現場に出向きサツから情報も入手していた。矢田の愛人について実は名前も素性もわかってるんだろう？　それを教えてくれたら奥さんともども、家に帰してやるんだが」

「…………」

やはり浅田組の目的は薫の素性だった。彼らが薫を探す理由として考えられるのはやはり、覚醒剤にかかわることだろう。

あの薫が。信じられない。いや、薫と会ったのは八年ぶりだ。彼が今、どこで何をしているかなどまるで知らない。本人に聞いたが『プライバシー』と教えてくれなかった。

俺の前から彼が姿を消して八年。この八年の間に彼もまた闇社会に足を踏み入れたのかもしれない。

そうじゃなければスマホに盗聴アプリをしかけたり、色仕掛けで自分が写っている写真を盗んだりするだろうか。

「おい、黙ってんじゃねえぞっ」

ここでまた、チンピラが俺を殴る。今度は後頭部ではなく頰を拳で殴られ、身構えていなかったため俺はソファから転がり落ちることとなった。

「どうなんだよ」

チンピラが俺の胸のあたりに靴を乗せ、ぐりぐりと抉《えぐ》ってくる。

「痛めつけるのはまだ早い。話をさせろ」

ここで救いの手を差し伸べてくれたのはなんと真田だった。

「へ、へいっ」

チンピラが直立不動になったあと、俺の腕を乱暴に引き、再びソファへと座らせる。

「それで？　愛人の名前は？」

「……薫と呼ばれていた。それ以外は本当にこれから調べるつもりだったんで……」

「ホテルに入ったところを確認したんだよな？　写真は？」

「撮り損ねた」

「本当だとしたら無能の極みだが、嘘を吐いているのだとしたら随分と度胸があるな」

真田が呆れた口調になり俺を見る。相変わらず凄い迫力ではあるが、警察にいた頃ヤクザと渡り合ったことも何度もあるため、沙織のように悲鳴を上げずにすんだ。

「本当だ。そもそもなぜ、矢田史郎の愛人の情報が必要なんだ？」

殴られる覚悟で、逆に問いかけてみる。

「ほお」

真田にとっては俺の行動は予想外のもののようで、一瞬驚いたように目を見開いたあと、にや、と笑い答えてくれた。

「やはりもと刑事は度胸があるな。小便漏らしてへたり込む連中ばかり目の当たりにしていたから新鮮だ」

「…………」

これは自ら命を縮めたか。それこそちびりそうになっていた俺に向かい身を乗り出すと、真田が理由を教えてくれた。

「なに、その愛人がどうやら我々のブツを持ち去ったようでね。しかもかなりの量を。それで行方《ゆくえ》を捜してるのさ」

「ブツ……覚醒剤か？」

危険承知で確認を取る。

「まあ、もと刑事なら想像はつくわな」

真田の怒りのツボが今一つわからない。笑って流されるとは思わなかったと内心ほっとしていた俺の目の前にその真田がファックサインさながら、中指を一本突き立てる。

「市場価格で一億だ。店のどこ探してもありゃしねえ。その薫っていう愛人が持ち逃げしたんだよ」

「……そんな……」

馬鹿な、と言いかけ、慌てて黙る。さすがに『馬鹿』は危険ワードすぎる、と言葉を飲み込む。

「その様子を見るに、あんた、その愛人のことを実は知ってるんじゃねえか？」

真田がずい、と俺に顔を近づけ、問うてくる。

「いや、それは……」

「誤魔化すなよ？　だいたいおかしいと思ったんだ。なぜあんた、店をうろついてた？　あんたも薫ってやつとグルか？　まだヤクは店にあんのか？　それともあんたも薫って奴に利用されたのか？」

「えっ。いや、あの……」

「さあ、喋ってもらおうか。薫って奴は今、どこにいる？　痛い思いする前に吐くか？　さんざ殴って吐かせてもいいんだぜ」

真田の腕が伸び、俺の襟元を絞め上げる。

「どうすんだよ、探偵さん」

「く……っ」

苦しさからつい呻《うめ》いた俺の喉元を尚も絞め上げながら、真田が凄む。

「喋ってもらおうか。ヤクの行方を」

「し……っ」

知らない、と言いたくても絞め上げがキツくて声が出ない。

「さあっ」

真田が声を張り上げたそのとき、

「そこまでだ！」

バンッと勢いよくドアが開いたと同時に、大勢の男たちが部屋に雪崩れ込んできた。

「な……っ」

真田もまた取り囲まれ、呆然《ぼうぜん》とした顔となる。

「傷害の現行犯で逮捕する。話は署で聞かせてもらおうか」

取り囲まれているのは真田だけでなく、室内にいたチンピラ数名もそれぞれ手錠をかけられ、部屋を引き立てられていく。

「大丈夫ですか、山下さん」

その様子を横目に、真田から放り出され、息苦しさを逃れて咳《せ》き込《こ》んでいる俺の背を擦《さす》ってくれていたのは大浦だった。彼や峰岸《みねぎし》以外にも、見知った顔が多くある。

「一体、なんだって……」

チンピラから取り上げた鍵で手錠を外してくれた大浦に、礼を言いながら状況を問おうとした俺の目に、信じられない人物の姿が飛び込んできた。

「薫⁉」

「響一、悪い。結局巻き込んでしまった」

申し訳なさそうな顔をし、ぺこりと頭を下げてきたのはなんと——真田相手に、俺が必死で素性を隠そうとしていた男、薫だった。

「なんだってお前が……」

見慣れぬスーツ姿の彼は、大学生には見えない。しかしサラリーマンにも見えない、と思っていた俺の前に、薫がパカ、と二つ折りの身分証を開いてみせる。

「…………え…………?」

バッジに薫の写真。そしてそこに書かれていたのは『厚生労働省』の文字とそして――。

「ま、麻薬取締官?」

身分証に書かれた文字を読み上げた俺の前で、薫がはにかむように笑う。

「悪い。騙してて」

俺を魅了してやまないはずのその笑みも今回ばかりは効力を発揮することはなく、ただただ驚くばかりだった俺は何度も身分証の写真と薫の顔を見比べてしまったのだった。

8

俺はその後事情聴取のため、捜査本部が設けられたという新宿西署に連れていかれたが、チンピラたちの取り調べで皆出払っているのか、広い会議室で薫とぽつんと二人、座っていた。

「状況を僕から説明してもいいのかはわからないけど」

そう言いながら薫が、刑事と自分たちがどうしてあの場に現れたのかという説明を始める。

「響一が入手した情報のとおり、矢田史郎は浅田組の策略に嵌まって、彼の店を覚醒剤取引の場として提供していた。奥さんはどうやら気づいていないようだったね」

「……それで彼に近づいた……のか？」

麻薬取締官。薫が。なんの冗談かと思ってしまう。しかし身分証明書は本物のようだ。大浦たちと交わしていた会話もそれらしいものだったが、どうにも俺には信じられなかった。

「まあ、そんなところ」

薫が苦笑しつつ肩を竦め、意識的にか話を戻す。

「史郎殺害は浅田組だ。彼は覚醒剤売買をやめたがっていた。ビルの他のテナントにヤクザが出入りしていることに気づかれたことを気にしていたから。奥さんにばれたら確実に離婚される。それを恐れたんだと思う。しかし浅田組がやめさせるわけがない。なら金を返せと脅されたのに、逆に警察に訴えると脅し返したんじゃないかと思う。僕はやめておけと散々言ったんだけど、耳を傾けてはもらえなかったみたいだ」

溜め息交じりにそう告げた薫の表情が暗くなる。

「……その忠告をするために史郎に近づいたのか？」

だが俺がそう問うと、

「いや、そこまで美談じゃないから」

と薫は苦笑したかと思うと、ふっと息を吐き、話を史郎殺害にまた戻した。

「浅田組は史郎を殺したあと店内を物色したが、いつもの場所に薬《ヤク》はない。あの店には他に隠せるような場所はない。ウイスキーの瓶の影に隠すことができるような量じゃなかったし、何より顧客名簿がなくなっていたことで、浅田組は真っ先に自宅に向かい、今度は奥さんを脅した。奥さんは勿論《もちろん》何も知らなかったので、史郎が覚醒剤を託すような相手に心当たりはないかと尋《たず》ねられて愛人の存在を喋った。その愛人が誰かはわからない。探偵が調査中だと明かしたので、響一を襲ったというわけ」

「なるほど……」

浅田組が自分に辿り着くのは早すぎると思っていたが、そういうことだったのか、と納得し、頷いた俺の前で薫がくすりと笑う。

「浅田組もなくなった覚醒剤を探して焦っていたから、響一についての調査をする暇がなかったみたいだね。龍星会の若頭がバックについているとわかっていれば、拉致なんてしなかっただろうから」

「……覚醒剤はお前が持っていた、ということか？」

「いや、預かってないよ。多分自宅にあるんじゃないか？　じゃなかったら貸金庫とか駅のロッカーとか」

そのうち見つかると思う、と告げたあと薫は、酷く真面目《まじめ》な顔になり頭を下げて寄越した。

「響一を騙すつもりも、巻き込むつもりもなかった。危険な目に遭わせることになって本当に申し訳なかった」

「いや、それはいいんだが」

よくはないか、と自らの言葉に心の中で突っ込みを入れると俺は、改めて薫をまじまじと見やった。

「…………」

薫もまた無言のまま、まじまじと俺を見返してくる。

「麻薬取締官……なのか？　本当に」

問うまでもなく、身分証はどう見ても本物だった。しかしどうにも信じられないのだ、と見つめる先では、薫があの、はにかむような笑みを浮かべる。

「うん」

「潜入捜査だったんだな」

警察官には認められていない潜入捜査だが、麻薬取締官には認められている。そういうことか、と納得し、問いかけた俺の前で薫は相変わらず恥じらうように微笑んだまま、

「うん、まあ」

と頷いた。

「愛人ではなかったんだな?」

『潜入捜査』とはいえ、そこまで身体《からだ》を張ることはすまい。俺はそう思ったのだが、薫は、

「いやあ」

と言葉を濁し頭を掻いた。

「……え?」

まさか。

眉を顰《ひそ》めた俺の前で薫は、

「まあ、その辺はおいおい、ね」

と、どう見ても誤魔化しているといった様子でそう言うと、

「刑事さん、遅いねえ」

とわざとらしく立ち上がった。

「ちょっと聞いてくる。明日じゃ駄目かとか」

「おい、薫」

呼びかけた俺の声を無視し、薫が部屋を出ていく。バタン、とドアが閉まったのを見る俺の口から、自分でも驚くほど深い溜め息が漏れていた。

身分証にあった薫の名字は『建宮《たてみや》』でもなければ『吉野《よしの》』でもなかった。

『佐伯《さえき》』

しかし。

それが彼の本名なのだろう。

未だに『働いている』とはいえない頭で俺は考え始めた。

薫は麻薬取締官――通称『マトリ』だった。矢田史郎に近づいたのは捜査のため。麻薬取引について彼から話を聞き出すことには成功した。その情報を得るために彼は史郎とホテルに行ったのだろうか。

ホテルで『やること』といったら一つだ。その上、史郎は薫に酷く執心していた。二人の間に関係はあった。それは間違いないだろう。

「…………」

なんだか面白くない。

もやもやとした思いが胸に立ちこめてくるのを感じる。と、そのときドアが開き、薫が顔を出した。

「今日は帰っていいって。明日昼過ぎに来てくれればいいと。家まで送るよ」

「送らなくていい。話はしたいが」

俺の言葉に薫は、

「なら響一の家で話そう」

と微笑み、行こう、と頷いてみせる。

彼が運転する車で自宅も事務所もあるビルへと戻ると、事務所にまだ電気がついていることに気づいた。

「悪い。先に家に入っていてくれ。鍵は……」

とここで、彼が以前不法侵入をしていたことを思い出し、

「持っているよな？」

と尋ねると、薫は肩を竦めたあとに頷いた。

「ああ」

「ちょっと事務所に顔を出してくる」

「わかった」

にこ、と笑った薫が住居スペースのドアへと向かっていく。俺は事務所のドアの前に立つ

と、ドアノブを摑み開いた。

「悪い。残っていてくれたのか」

中にいるのは長谷川だけかと思っていたのでそう声をかけつつ足を踏み入れたのだが、室内のソファにどっかと座り、煙草をふかしていたのは甲斐だった。

「浅田組に拉致られたそうだな」

不機嫌極まりない声で問いかけてきた彼に俺は、

「浅田組は壊滅したよ」

と先回りして伝えた。

「覚醒剤取引が挙げられた。マトリに」

「へえ。マトリが動いたか。しかし遅いよな」

やれやれ、というように甲斐が溜め息をついたあと、じろ、と俺を睨む。

「それで？　今、部屋に入っていったのは？」

「え？　ああ……」

なぜわかった。室内にいながらにして。ドアの開閉が聞こえたのだろうかと思いながら俺は、なんと答えようかと迷った挙げ句、正直に告げることにした。

「そのマトリだ。実は昔馴染みだったんだ」

「マトリと？　お前が？」

驚いたように目を見開いた彼に俺は、二十歳の頃に薫とかかわりがあったことを伝えたのだが、それに対する甲斐の反応は、思いもかけない突っ込んだものだった。

「どういう関係だったんだ？　そして今はどんな関係だ？」

「別に。友人だった。今は……再会したばかりだったから特に」

「どういう関係でもなかったのか？」

「ああ」

「なのに家に上げる？　お前は危機感がなさすぎる」

「危機感って？　彼はマトリだぜ」

「マトリだろうがなかろうが、プライバシーは守れよ」

甲斐が何を心配しているのかはわからなかったが、どうやら誤魔化せたらしいと安堵《あんど》し、俺は今回の件について、その薫から聞いた話をすべて甲斐に明かした。

「なるほどねえ」

甲斐は感心してみせたあとに、難しい顔となった。

「俺が言うのもなんだが、ヤクザがらみの事件は避けたほうがいい。もう二度とかかわるな。いいな？」

「かかわりたくないし、かかわる気もないよ。勿論マトリとも」

先回りをして答えると、甲斐は安堵した顔になり、

「それでいい」

と微笑んでみせた。

「家に上げたマトリはどうする？」

「久々なので話をしようと思っている」

「学生時代の友人か。思い出話をするというわけか」

「ああ」

「俺も同席したいんだが」

「え」

なぜ、と俺は思わず声を上げてしまった。

「いや。お前の昔馴染みと俺も交友を持ちたいと思って」

「……なんでまた」

甲斐は何を気にしているのか。マトリと付き合いを持つことは別に俺に関してマイナスにはならない。

そもそも、マトリと関係があることが気に入らないのだろうか。気に入らないと思われても仕方がないのだが。

「別に。お前の昔馴染みと話したいだけだ」

「話して楽しいことはないよ」

甲斐は引くまい。経験上それがわかっていた俺は、早々に諦め彼を自宅に招くこととした。紹介してやれば気が済むことを期待して。

「長谷川君も来るかい？」

こうなったら一人も二人も一緒だ。甲斐がいるからこそ帰れなかったと思《おぼ》しき彼に問いかける。

「いや。自分は……その……」

長谷川は見るからに青ざめ言葉を選んでいたが、甲斐に、

「お前は帰れ」

と言われると一気に安堵した顔になり、

「失礼しやすっ」

と勢いよく挨拶してから部屋を飛び出していった。

「さあ、行くか」

甲斐の迫力が半端ない。何を意気込んでいるのだかと内心首を傾げつつも俺は、

「そうだな」

と頷くと、彼と共に自宅スペースへと向かった。

「おかえり！　響一」

ドアを開くと満面の笑みで俺を迎えた薫が、甲斐を見て驚くどころかにっこりと微笑む。

「これは龍星会の若頭。はじめまして、甲斐基《もとき》さん。佐伯薫です。龍星会は覚醒剤を扱っていらっしゃらないから今後も顔を合わせることはないかと思いますが、僕がマトリであることはご内密に願いたいものです」

晴れやかといっていい笑顔を向けた薫に甲斐がむすっとしたまま答える。

「お前は響一とはどういう仲なんだ？」

「おい」

開口一番それか、と思わず突っ込んだ俺だったが、薫の答えのほうが余程衝撃的だった。

「どうって……まあ簡単に言うと……セフレ？」

「おいっ」

なんで正直に答えるんだ。学生時代の友人でよかっただろう。慌てる俺の前で薫が尚も、にっこりと微笑む。

「ぶっちゃけ、響一の『初めて』は僕なんで」

「薫、お前……っ」

何を言い出すんだ、と焦りまくる俺を余所《よそ》に、薫はあたかもマウントをとろうとでもするかのような態度で、声を失っている甲斐に対し言葉を続ける。

「見守るだけが選択肢じゃなかったってことですよ。悔やんだところで時間は戻らないし」

「……え？」

今度は何を言い出したのか。正直、薫が何を言いたいのかが俺にはまったくわからなかったのだが、甲斐の心には刺さったらしく、

「ふざけるなよな」

と、怒り心頭という顔になっている。

「ふざけてはいません。これから響一と旧交を温めたいんで、とっとと退散してもらえませんかね」

にぃっこり。薫が作った笑顔を向ける甲斐の顔が青ざめていく。

挑発してどうする。それ以前に二人の関係をばらしてどうする。そしてなんなんだこのシチュエーションは。

わけがわからないながらも、拳銃でも持ち出しかねない甲斐の、般若《はんにゃ》のごとき顔が気になり、俺は思わず彼の腕を摑んだ。

「甲斐、本気にとるな。全部嘘だ」

「……だよなあ」

途端に甲斐が安堵した顔になる。

「お前がセフレを持つなんてあり得ないと思ったんだよ。まったくふざけやがって。いい加減にしろよ」

最後甲斐は薫に対し凄んだのだが、薫が何か言い返すより前に俺は彼の口を塞《ふさ》ごうと焦っ

て言い放った。

「まあそういうことだから。甲斐、今日は悪かったな。お前も忙しいだろうから今日は帰れよ」

「……響一、俺は……」

甲斐が何かを言いかけるも、逡巡《しゅんじゅん》するように言葉を途切れさせる。

「え？」

だが俺が問い返すと甲斐は、

「なんでもない」

とぼそりと告げたかと思うと、「帰るわ」とドアへと向かっていった。

「悪いな」

一応見送ろうとした俺の後ろに薫が続く。

「色々、ありがとう」

ドアを出ていこうとする彼に声をかけると甲斐は俺を振り返り、

「気にするな」

と笑ったあとに、とり殺しそうな目で薫を睨んだ。普通の人間であれば、がたがたと震え出すであろう迫力ある甲斐の睨みを薫は笑顔で受け止める。

「お前もとっとと帰れよ」

そんな薫に甲斐はそう吐き捨てると、不機嫌な顔のままドアを出ていった。

「なんだか気の毒だなあ」

ドアが閉まると同時に、薫がぽつりとそう呟く。

「気の毒ならからかうなよ」

セフレと明かしたり意味不明のマウントを取ろうとしたりしていたくせに、今更『気の毒』はないだろう、と呆れると、

「そういうところが気の毒なんだよ」

と逆に呆れ返されてしまった。

「え？」

「なんでもない。それより酒でも飲まない？」

既に薫はキッチンへと引き返しつつあった。俺も彼のあとに続く。

「この前僕が持ってきたワイン。白が一本まるまる残ってたね。それを飲もうか」

何事もなかったかのような明るい口調で薫が俺に問いかけてくる。

『何事も』どころか。ヤクザに拉致されるわ、それを薫が助けに来るわ、その上その薫が麻薬取締官だとわかるわと、驚くことがてんこ盛りの一日だった。

まず何から話そうか。やはり一番気になるのは、と俺は薫の顔を覗《のぞ》き込《こ》んだ。

「なに？」

薫が笑顔で問い返してくる。

「……矢田史郎とは寝ていたのか？」

「…………」

薫が戸惑ったように目を見開く。

「潜入捜査で彼に近づいたことはわかった。捜査のときには実際、身体を張らなければならないのか？」

捜査のために男に抱かれなければならないのか。それが俺のもっとも確かめたかったことだった。

麻薬取締官は刑事と違って潜入捜査が認められている。だからといって自分の身を犠牲にすることを強《し》いられていいはずがない。

それで問いかけた俺の目を薫は暫《しば》し見つめ返していた。やがて彼の目が泳ぐ。

「いや……そういうことはないよ」

すっと目を伏せ、薫はそう言ったが、真実を語っているようには見えない。

「薫」

「なぜ気になる？　それが」

正直に明かしてほしいと告げようとした俺の言葉を遮るように、薫が逆に問いかけてきた。

「え？」

「人道的な見地からか？　それなら安心してくれ。身体を張れという命令がくだされたことはないよ」

「それなら……」

ラブホテルには行っていた。が、何もしていないのか。確認を取ろうとした俺に再び薫が問いかける。

「僕と矢田史郎の関係をどうして気にする？　響一になんの関係があるのかな？」

「なんのってそりゃ……」

答えようとしたが、答えるべき言葉は見つからない。

「八年前のセフレが何をしようが、気にしないよね、普通は」

畳み掛けるように薫に言われ、ますます言葉を失う。

言われるまでもなく、彼の言うとおりなのだ。なのにどうにも気になってしまう。その理由はなんなのか。自問するうちに『答え』が固まってくる。

「なのに響一は僕の言うことを聞いてくれた。奥さんには僕のことを明かさないでくれたし、ヤクザにも黙っていてくれた。それはなぜ？　義理堅いにもほどがあるだろう？」

薫が尚も畳み掛ける。多分、彼には『答え』がわかっているのかもしれない。そう思ったのは薫の目の中に期待の光を見たからだった。

それも俺の思い込みだろうか。その可能性も大きい。俺は昔から色恋沙汰《ざた》では勘違いのしどおしだった。

『初めての男』以降の八年間、付き合ったのは女性ばかりだったが――『ばかり』というほど人数は多くなかったが――常に別れは向こうから切り出されてきた。

別れの理由はいつも一緒。『好かれている気がしない』。

俺のしていた勘違いは彼女たちを『好きだ』という感情自体にあった。知らないうちに『最初の男』と比べてしまっていた。はじめの何人かは『最初の男』を忘れる目的で付き合い始めたようなものだった。

だから今回もまた、『勘違い』かもしれない。でもそれがどうした、だ。勘違いでもなんでも、ようやく自分の気持ちに気づいた。当たって砕けろだ、と自棄《やけ》じみた気持ちになりつつ俺は、薫の両肩を摑み己の思いをぶつけたのだった。

「好きなんだ。多分、八年前から」

「…………うそ」

薫が尚も目を見開く。しかし彼の口元は微笑んでいた。

「八年前も俺にとってお前はセフレじゃなかった。恋人のつもりだった。でも再会して『セフレ』と言われ、何も言えなくなった。確かにセックスばかりしていたと気づかされたから

……急にいなくなって行方を捜そうとしたけど、学部も実家も何も、知らなかった。それではセフレといわれても仕方がないと思わざるを得なかった」

「響一」

　薫の微笑みが次第に大きくなる。

「好きだから、僕のお願いをきいてくれたんだ。相当無茶なことを頼んだというのに」

「……ああ」

　そうだ、と頷いた俺に薫が抱きついてきた。

「嬉《うれ》しいな。ワインはあとだ。八年も思い続けてくれたなんて本当に嬉しい」

「おい……っ」

　いきなり抱きつかれ、今度は俺が戸惑ってしまう。

「ベッドに行こう。今すぐにでも抱かれたい。嘘じゃなく、僕も響一のことはたまに思い出していたんだ。元気にしているかなって」

「薫……」

「本当に嘘じゃないよ。好みのタイプだったからつい迫ってしまったけど、童貞だったし人生変えることになってたらどうしようって。あのときは本当にセックスしまくったよね。してもしてもし足りなくて。そんな経験したことなかった。これも本当だよ。あのときはなぜかわからなかった。余程身体の相性がいいのかと思ってたけど、響一が僕のことを本当に好きでいてくれたからだったんだね」

　嬉しすぎる、と微笑む薫の表情には、彼が案じているような『嘘』は欠片《かけら》ほども表れていなかった。

「僕も好きだよ。響一。これからもっと好きになる」

俺を抱き締める腕を緩め、俺を見上げて微笑む薫の顔に、八年前、大学生だったときの彼の顔が重なる。

八年という歳月を薫はまるで感じさせない。そういえば史郎相手にも、現役の大学生としてなんなく通せていた。

しかし二人の上には等しく八年という長い年月が流れている。大学を卒業し、念願かなって刑事になったが結局辞めて探偵になった俺の八年間。悔いはないとはいわないが、それなりに胸を張れるものだと自負している。

薫にとっての八年はどんな歳月だったのだろう。聞いてみたいが今はまず、と俺は薫の頬に手をやり、唇を重ねるべく顔を近づけた。

「ん……っ」

しっとりとした唇。彼が漏らした甘やかな吐息が、欲情をこれでもかというほど駆り立てる。

「ベッドに行こう」

キスの合間に薫が囁き、俺の背を抱き締める。

「ああ」

頷いた俺の声は、恥ずかしいことに少し上擦ってしまった。興奮を抑え兼ねたからだが、聞いた薫はそれは嬉しげに微笑むと、俺の背に回した腕に力を込めた上で猫のように身体を擦り寄せてきて、尚も俺の欲情を煽《あお》ってくれたのだった。

9

寝室では互いに服を脱ぎ合い全裸になった。そういえば、と前に薫が残していったコンドームの箱を引き出しから取り出す。

「ああ、それ」

薫が少し恥じらうように微笑む。白い肌に桃色の乳首が艶《なま》めかしい彼の裸体を前に俺の雄は既に勃《た》ちかけていた。薫の雄もまた、形を成している。

「実はこの間来たとき、前みたいにセックスに持ち込んで誤魔化そうとしていたんだ」

俺の手からコンドームの箱を受け取ると、薫は少しバツの悪そうな表情となりそう告げた。

「写真を盗んだときのように？」

「あのときもごめんね。写真はマズかったんだ」

「マトリだもんな」

身元調査をすれば『建宮薫』という名前の人物が存在しないことがわかる。俺の能力では辿り着けなかった可能性大だが、万一麻薬取締官だとわかれば、薫は勿論、潜入捜査を命じた組織もろとも、まずい立場になることは想像に難くなかった。

「響一はもと刑事だし、龍星会の若頭もバックについている。それで写真を盗まざるを得なくなったんだけど、ちょうどそのタイミングで矢田が殺されてしまって」

「犯人と疑われないように懐柔しにきた……んだよな？　なぜ急に帰ったんだ？」

しかもコンドームを残して。問いかけた俺の前で薫は、

「いやあ……」

と少し照れた顔になったあと、箱からシートを取り出し、ぺりぺりと一つをちぎった。

「響一が僕を本気で案じてくれているのがわかって、これ以上騙したくなくなったというか……。嘘をつきたくなくなったんだ。今更とは思ったんだけど」

「……そうか」

頬が緩むのがわかる。セックスで誤魔化すことは彼にとっては容易《たやす》いことだっただろう。現に写真を盗まれたときに俺は易々と策に嵌まっている。

それをしなかった理由を聞き、嬉しく感じるのを抑えることはできなかった。

自分で言うのもなんだが、俺は相当チョロい。今だって騙されているのかもしれないが、それならそれでいいと、そう達観もできていた。

「もう、嘘はつかない。つく理由はないから」

そんな俺の心理を読み切ったのか、薫がそう言い、俺にコンドームを差し出してくる。

「今夜はとことん、旧交を温めよう。なにせコンドーム、ダースであるんだから」

「そんなにできるか」

大学生のときじゃあるまいし、と笑いながら俺は一つ目のコンドームを受け取ると、そのまま薫をベッドに押し倒していった。

「ん……っ」

首筋に顔を埋《うず》め、唇を這《は》わせる。俺の下で華奢《きゃしゃ》な身体を捩《よじ》り色っぽい声を上げる薫は殊更魅力的で、性的興奮が一気に煽られていった。

胸を弄《いじ》り、ぷく、と勃ち上がっていた乳首を摘《つ》まみ上げる。

「あぁっ」

背を仰《の》け反《ぞ》らせ、高く喘《あえ》ぐ。敏感なところも可愛らしい。初めて彼を抱いたとき、セックスというのはなんて気持ちがいいんだと感動したものだった。

快感が大きすぎたことも、その後、彼以上に心惹《こころひ》かれる恋人ができない理由の一つだったかもしれない。

それじゃあ身体だけが目当てのようか、と反省しながらまた、乳首を抓《つね》り上げると、薫は、

「やぁ……っ」

と身を捩らせつつ、手を俺の雄へと伸ばしてきた。

「う……っ」

ぎゅっと握り込んだあとに、慣れた手つきで扱《しご》き上げる。思わず息を呑むほどに巧みな手

淫に、俺の雄は一気に硬さを増し、ドクドクと脈打ち始めていた。

「ねえ」

白皙《はくせき》の頬を薔薇色《ばらいろ》に染めながら、上目遣いに薫が俺を見る。その顔だけでいきそうになる、と俺はごくりと唾を飲み込むと、両脚を開いて膝を立てた彼の腿《もも》のあたりを摑み抱え上げた。

「すぐ挿《い》れてくれていいから」

ふふ、と少し照れたように微笑み、頷いてみせる。あまりに魅惑的なその瞳に吸い込まれそうになりながら俺は、軽く咳払《せきばら》いをすると早くもひくついている薫のそこへと勃ちきっていた雄の先端を宛てがい、ぐっと腰を進めた。

「あっ」

ずぶ、と先端をめり込ませると、薫が歓喜の声を上げる。灼熱《しゃくねつ》の坩堝《るつぼ》といっていい彼のそこは俺の雄を締め上げ、奥まで突き上げた段階で達しそうになってしまった。

いけない、と気持ちを引き締め、薫の両脚を抱え直すと息を吸い込み、勢いをつけて突き上げを開始する。

「あ……っ……あぁ……っ……あっあっあっ」

より奥深いところを目指し、激しく雄を突き立てる。

「やぁ……っ……あっ……いい……っ……いい……っ……とても……っ」

接合を深めるために薫の背がシーツにつかないほどに両脚を高く抱え上げ、突き上げを続けるうちに薫の喘ぎは大きくなり、感じてくれているのか、いやいやをするように激しく首を横に振りながら淫《みだ》らな言葉を叫び始める。

「おく……っ……ついて……っ……もっと……もっと……っ……奥まで……っ……きてぇ……っ」

その声にやる気を煽られ、ますます突き上げの速度と勢いが上がっていく。勢いよく下肢《かし》をぶつけすぎているのか、二人の身体の間で空気が爆《は》ぜるパンパンという高い音が薫の喘ぎと共に室内に響き渡る。

「いく……っ……いく……っ……もう……っ……いこう……っ」

気づけば我を忘れ、延々と突き上げてしまっていたことに俺が気づいたのは、薫の表情に少し苦しげな様子が表れたためだった。

「悪い……っ」

欲望の赴くがまま動きすぎた、と反省すると俺は薫の片脚を離し、二人の腹の間でパンパンに張り詰めていた彼の雄を握り、一気に扱き上げた。

「アーッ」

一段と高い声を上げて薫が達し、白濁した液を撒《ま》き散《ち》らす。

「うっ」

射精のあと内壁が激しく収縮するその刺激を受け、ギリギリのところにいた俺も達すると

薫の中に勢い良く精を放った。

しまった。せっかく渡されたのにコンドームを装着するのを忘れた。慌てて身体を離そうとした俺の背に薫のカモシカのような脚が回り、ぐっと抱き寄せてくる。

「大丈夫。抜かずの三発、いこう」

「えっ」

なんて積極的な。しかもエロオヤジくさい。戸惑いの声を上げた俺の下で薫が、恥ずかしげに微笑む。

「駄目……かな？」

「いや、いける」

その顔は反則だ。ドクン、と雄が脈打ち、みるみるうちに回復するのがわかる。

「さすが響一。頼もしい……っ」

うっとりした声を上げ、薫が俺の背から脚を解く。その脚を抱え上げると俺は薫の、そして自分の希望をかなえるべく、『抜かずの』二発目に向かい彼を突き上げ始めたのだった。


「ああ……本当に、よかった」

抜かずの三発どころか、結局五度、互いに達した俺たちが一息ついたのは、夜も更けまくり、東の空が白み始めた頃だった。

薫は本当にタフで、疲れ果てた俺がうとうとしている間にシャワーを浴び、簡単なつまみを作った上で、ワインを飲もう、と俺を起こしに来たのだ。

「朝には職場に顔を出さないといけないから、今のうちに乾杯しよう」

そう言うと薫は、俺の前と自分の前に置いたワイングラスを白ワインで満たし、

「乾杯」

と翳《かざ》してみせた。

「乾杯……？」

唱和してから、何に対する乾杯だ？　と薫を見ると、

「再会を祝して乾杯」

と微笑んでみせる。

「そうだな」

頷いたあと俺は改めて薫を見た。薫もまた俺を見返す。

「なに？」

「いや……確認したいんだが」

「何を？」

「その……」

今夜も散々セックスをしておいて今更、と言われること覚悟で俺は薫に問いかけた。

「俺はお前と付き合いたいんだが」

「ありがとう。僕も付き合いたいよ。これからも」

にっこり。嬉しげに笑う薫と自分の認識が同じであるといい。祈りながら俺は照れから頬が赤らみそうになるのを堪え、薫に自分の気持ちを告げた。

「セフレとしてではなく、恋人として」

「恋人！」

途端に薫が驚いたように目を見開き、高い声を上げる。

「え」

そのリアクションは、やはり『セフレ』として付き合おうというつもりだったのか、と察した俺は正直、落胆していた。

セフレと恋人の差は、気持ちがあるかないかじゃないかと思う。薫は身体の関係は受け入れてくれるが、気持ちを交わしたくはないと思っているということか。

できれば気持ちもほしい。最悪、身体はなくとも、と、そう訴えようとした俺の前で薫が戸惑った顔のまま、思わぬ言葉を告げる。

「僕でいいのか？　こんな……」

「え？」

今度は俺が戸惑う番で、目を見開くと、薫が少し切なげな顔になり、口ごもりつつ言葉を発する。

「……捜査のためとはいえ、矢田さんとホテルに行ったし……」

「今までのことは別に、いいよ」

やはり史郎とはそれなりのことはしていたという告白だろう。今までの潜入捜査でも、もしかしたら『身体を張った』行為をしたことがあったのかもしれない。

だがそれがなんなのだ。俺の上に八年という歳月がそれなりに積み重なっていったように、薫の上にも薫なりの八年が積み重なっているのだ。

それを否定したくはない。それでそう告げた俺の前で薫は泣き笑いのような表情となった。

「……響一……いい人すぎるよ」

「いい人じゃないよ。お前が好きなだけで」

疲れ果てていたせいか、本音がぽろりと口から零《こぼ》れる。

「惚《ほ》れる」

薫がふざけた口調なのは照れているからだと、彼の顔を見ればわかった。涙を湛《たた》えた大きな瞳がキラキラと煌《きら》めいていたからだ。

「それにしても、お前がマトリになったとは驚いたよ」

なんとなく照れくさくなってしまい、俺は話題を変えることにした。

「そう?」

「ああ。大学生の頃、商社に行きたいって言ってたよな?」

「大学生の頃?」

不思議そうな顔になった薫が、ああ、と理解した顔になる。

「八年前?」

「ああ」

同じ大学に通っていたはずだ。ある日突然姿を消したが。あのとき俺は彼に刑事になりたいという夢を語り、薫は『世界を股《また》にかける商社マンになりたい』と告げていた。

いつ、麻薬取締官になりたいという希望を抱くようになったのか。そんな話もしたい。この八年という歳月を埋めるために。そう思い頷いた俺の前で、薫がなんともいえない——強いて言えば『苦笑』としかいいようのない笑みを浮かべ、衝撃的な言葉を告げた。

「あの頃もう僕、マトリだったから」

「…………え?」

今、彼は何といった?

「ごめん。あのときも潜入捜査中だったんだ。暴力団の手先となり大学内で覚醒剤を販売している学生がいただろう? 学内でもちょっとした騒ぎになったの、覚えてない?」

「覚えて……」

いる。一年上の先輩が、覚醒剤絡みで逮捕されていた。

「それを探るために童顔を買われて大学生として潜入したんだ。あのときの飲み会に被疑者がいたから。なのについ、響一に惹かれて誘惑しちゃった。それだけ好みだったんだよね」

「……え………え……？」

ちょっと待て。

冷静にならねば。八年前、彼は既にマトリだった。ということは——？

「ごめん……薫。今、いくつ？」

「それ、聞く？」

あはは、と、薫は笑ったが、年齢を告げようとはしなかった。

「随分年上だけど、それでもいい？　ちょっと考える？」

少し恥じらうような顔になった薫がそう俺に問うてくる。

「勿論いい」

反射的に答えてしまったが、後悔はなかった。

「よかった。もう、一つも隠し事も嘘もないから」

薫が安堵しきった顔になり俺にグラスを差し出してくる。

「乾杯、しよう」

「ああ」

色々驚くことはあった。年齢しかり、史郎との関係しかり。

しかしすべてを超えて彼を欲している自分がいる。そのことを自覚しつつ俺は薫に向かいグラスを差し出した。

「乾杯。明日からの二人に」

「明日からは恋人……だね」

薫が満面の笑みを浮かべ、グラスをぶつけてくる。

「僕もこの辺に越してこようかな」

「え？　本当に？」

問いかけてから俺は、それなら、とある提案を思いついた。

「それならウチに来るか？」

「いやー、それは甲斐さんが許さないでしょう」

「甲斐は関係ないだろう？」

確かに甲斐に紹介してもらった物件だが、同居に彼の許可を得ねばならない理由がわからない。

「まあ、生活リズムも違うし、即同居はやめておこう」

そう言う薫に俺は心配になり、確認を取った。

「……これからもその……続けるのか？　潜入捜査でのセフレを……」

「潜入捜査はね。仕事だから。でも身体を張る仕事は断るつもりだ。パートナーができたと言って」

「……ということは？」

今まで『身体を張って』きたのはパートナーがいなかったからか。そう思っていいのかと問いかけた俺に、薫が大きく頷く。

「そう。今まで恋人はいなかった。恋人ができたとなれば話は別だ。身体を張るのはやめにするよ」

「本当に？」

「勿論。もう、やらない。偽セフレは」

「それで安心した」

もう二度と彼は『セフレ』を持たないと宣言してくれた——と思いたい。期待を込めて見やった先では薫が、大丈夫、というように微笑み頷く。

「恋人は裏切らない。約束するよ」

「ありがとう」

彼のグラスに自分のグラスをぶつけ、ワインを飲み干す。

「今日は泊めてもらっていい？」

「このまま住んでもいい」

セックスはもう、体力的にできないけれども。笑ってそう告げた俺に薫は、

「住むのはやっぱりマズいと思うよ」

と言いながらも色っぽいとしかいいようのない視線を俺へと向けてくれたのだった。


「おい、響一。お前、いいように騙されてないか？」

翌日、朝一番で探偵事務所に訪れた甲斐はあまり眠れていないのか、血走った目をしていた。

「薫のことか？　騙されているとは思わないけど……」

「あいつの実年齢、知ってるか？　俺らより随分と年上だぞ？」

さすがヤクザの情報網。警察を軽く上回るというその情報網で甲斐は薫について一夜のうちに調べ上げたらしい。

「知ってる。驚いたよ。八年前大学で会ったときにはもう、マトリだったって」

「それでいいのか？」

甲斐が複雑な顔で問うてくる。

「……いいというか……」

いいも悪いもない。ただ、彼でなければならなかった。それを甲斐に説明するのは難しいかもしれない。

まずは好きになったのは男だったということを明かさねばならない。甲斐の性的指向は確かめたことはないが、ゲイと感じたことはなかったのでさぞ驚くことだろう。

「甲斐、お前に言わなければならないことがあるんだが」

スタートはここだ。と思ったのだが、甲斐は物凄い勢いで拒絶してきた。

「聞きたくない。俺は認めないからな。お前には俺が、相応《ふさわ》しい相手を探してやる。年増のマトリなんかよりよほどお前に相応しい相手を」

そう言ったかと思うと甲斐は、

「白龍《はくりゅう》！」

と長谷川の名を呼んだ。

「は、はいっ」

長谷川が直立不動になるのに、甲斐は、

「事務所はマトリは出禁だ。わかってるな？　勿論、自宅もだ」

「は、はいっ！」

「いや、自宅は……」

それを決める権利はお前にあるのか、と口を挟もうとした俺を甲斐がきつい目で睨む。

「だいたいお前は危機感がなさすぎるんだよ。どうして誰でも彼でも家に入れてしまうんだ？　白龍すら入れていたんだろう？」

「事務所を禁煙にしたほうがいいとお前がアドバイスしてくれたからだが」

「だからといってなぜ自宅に入れるんだ」

「お前が信頼している相手だからだろうが」

二人のやりとりをはらはらした様子で見守っていた長谷川が、ここで感極まった顔になる。

「自分、若頭に信頼してもらえていたんですね」

「当然だろう」

「当たり前だろうが」

俺の声と甲斐の声、重なって響いたのを聞き、長谷川は文字どおり泣き出してしまった。

「感激ッス」

「だから今後も見張っていろよ？　マトリに足を踏み入らせるな？」

甲斐が泣き濡れる長谷川にそう確認を取り、頷いてみせる。

「いや、待て。なんで出禁にするんだ？」

問いかける俺の声は悲しいことに長谷川の耳にはまるで届いていない様子だった。

「わかったッス。お任せください！　自宅も事務所も、あのマトリが姿を現した時点で若頭

に報告しますんで！」

「だからなんでそうなるんだ」

段階を踏まねばならないとは思っていたが、全否定とは思わなかった。それなら一気に、と許可を得ようとした俺に、甲斐がニッと笑ってみせる。

「俺なりに抵抗はさせてもらう。あのふざけた野郎の好きにはさせねえよ。当面はな」

「……ええと……」

彼が何を言いたいのか。今一つわからなかったものの、甲斐が薫に対していい感情を持っていないことはこれでもかというほど伝わってきた。

「甲斐、あのな」

「ともかく、お前は危機感を持て。いいな？」

甲斐はどこまでも俺の話に聞く耳を持たず、そう言ったかと思うと長谷川に凄みのある目を向けた。

「見張っておけよ、いいな？」

「は、はい……っ」

長谷川が真っ青な顔になり返事をする。

この分だと甲斐に薫を『恋人』として紹介する日は遠そうだ。とはいえ長年の友情を思えばきっと彼にもわかってもらえる日は来るに違いない。

そのときのためにチャンスというチャンスは一つも見逃さないようにしよう。そう心を決めた俺を前になぜか甲斐はやるせなげな溜め息をついたかと思うと、

「頼んだぞ」

と長谷川に一層凄みのある目を向け、本人同様あまりの迫力に声を失った俺を一瞥《いちべつ》したあと、なぜか再び深い溜め息を漏らしてみせたのだった。

10

「いや……我々としたら今までも身体を張るところまでは求めていなかったぞ？」

上司の目が泳ぐ。本当にことなかれ主義だ。身体を投げ出していたからこそ、得られていた情報があったことは彼らとてわかっていたであろうに、今更知らぬふりをする気か。

しかし僕にとってはいい傾向だ、と笑顔で頭を下げる。

「そうであるのなら幸いです。今後は過度な潜入捜査は控えますので」

「あ、ああ。わかった」

『過度な潜入捜査』は別に強いられてしていたわけではなかった。誰に恥じるものでも、誰を思いやるものでもなかったがゆえにしてきたことだが、『恋人』を持った今、さすがに躊躇《ためら》いが生じる。

恋人――。

本当に僕を恋人と思ってくれているのか。相当、人がよくないか？　本当に彼は刑事だったのか。よく務まってきたものだ。報告によると優秀だったらしいが。

彼との――山下響一との出会いは、今から八年前。童顔を買われ潜入捜査で訪れた大学の飲み会だった。

一目で好みのタイプだと思った。太い眉。綺麗《きれい》な瞳。通った鼻筋。意志の強さを感じさせる引き結ばれた唇。

清廉潔白。その四字熟語が誰より似合う男だ。彼に魔の手が伸びるより前に、ヤクザの手先として覚醒剤売買を行っている学生を検挙してやる。決意を新たに任務には勿論注力したものの、任務とは正直まったく関係ない響一との逢瀬《おうせ》も重ねており、己の欲情には逆らえなくて何度も関係を持った。

当時の上司はよく見逃してくれたものだと思う。が、さすがに当該の学生を逮捕したあとまでは、大学に通い続けることを許してはくれなかった。まあ当然の話である。

仕方なくアパートを引き上げることになったその前夜、僕は響一のもとを訪れた。

「飲まない？」

ビールを差し出し、酔っ払ったことを確認してから行為に誘う。

「薫……好きだ……っ」

このビジュアル、この気立てのいい性格、そしてこのガタイのよさゆえ、まさか僕と関係するまで、まだ童貞だったとは思っていなかった。

二十歳までよく、悪い女——や男にひっかからずにきたものだ、と感動してしまっていたが、後にその理由を知ることになる。なんとも恐ろしい『幼馴染み』が睨みをきかせていたからに違いない。

ともあれ、当時はそんなことを知る由《よし》もなく、こうして抱き合うのは最後かと非常にセンチメンタルな気持ちを抱いてしまいつつ、僕は彼の胸に身体を預けた。

「僕も……好きだよ。響一」

嘘はない。まあ、既に麻薬取締官になり数年を経ていたのに『大学生』と名乗っていたのは確実に『嘘』なわけだが、気持ちは常に真実を語っていた。

「薫……っ」

随分と飲ませてしまったからか、響一は感極まった声を上げ、僕の身体にむしゃぶりついてくる。

決して上手いとはいえない愛撫《あいぶ》も、勢いだけの前戯も、それでいて挿入時には僕に負担をかけないよう、思いやり溢れる柔和な動作となることも、何から何まで好きだった。

これでもう、二度と会えなくなるのはつらい。偽学生なのだから行方をくらますしかないのだが、何か理由や事情を捏造《ねつぞう》し、付き合い続けることができればいいのに。

絶対無理だとわかっていても、そんな妄想をしてしまうほどあのときの僕は、響一に夢中になっていた。

その気持ちを冷ますことができたのは、いつものように三度、四度、いや、五度くらいだったか。互いに精を吐き出し合ったあと、響一が僕を胸に抱きながら、将来の夢を語ったからだ。

「俺さ。将来、刑事になりたいんだよ。子供の頃からの夢だった。薫は？」

酔いと疲労で朦朧《もうろう》としながら、煌めく瞳で将来を語る。そうして僕の『夢』を聞いてくる。

ピュアすぎる。それに引き換え僕は――。

彼の傍《そば》にいてはいけない。そう実感した瞬間だった。

「薫の将来の夢、教えてくれよ」

黙り込んだ僕に、響一が問いを重ねてくる。

「そうだなあ……商社マン、とか？」

既に僕は『将来』にいる。夢があるとすれば麻薬取締官としての任務を全《まっと》うしたいということだ。さすがにそれを言うわけにはいかず、自分の『夢』とはまるで違う希望を告げる。

「商社マンか。なんか、薫らしいな」

くす、と響一が笑い、そう言ってくる。

彼にとっての僕は『商社マン』なのか。少しだけほっとしたのは、彼には僕の『実像』が見抜かれていないと思ったからだった。

しかし次に彼が告げた言葉を聞いた瞬間、声を失わずにはいられなかった。

「視野、広いもんな。世界を股にかけるとか、ぴったりだ。世の中のためになることに使命を感じている印象だったから」

「……そう……かな」

「ああ。ちょっと心配になるくらい。自分のこともちゃんと大事にしてほしいというか……無茶しそうな印象があるんだよな」

「……なんだ、それ」

揶揄するのがやっとだった。何歳も年下の響一に『心配』されるなんて、冗談じゃないと笑い飛ばしたいのに、嬉しいと感じる気持ちを捨てることができない。

潮時だ。もう。彼のもとから姿を消すときなのだ。

思い切りをつけた僕は、最後に、と響一に抱きつき、更なる行為をねだった。

「大丈夫……か？」

半分眠りそうになりながら、響一が驚いたように問いかけてくる。

「抱いてほしい」

「わかった」

嬉しそうに微笑み、少し身体を起こして僕の両脚を抱え上げる。

「好きだ」

何か感じるところがあったのか、熱くそう告げてくれる彼の声音に、涙腺《るいせん》がこれでもかというほど刺激される。

でもここで泣けば不審がられるに決まっている。それで僕は涙を堪え、激しい行為に誘うべく淫らに腰をくねらせた。

「好きだ……っ」

疲れ果てているだろうに、響一は僕にまたそう告げ、雄をそこへと突き立ててくる。

もう、さよならだ。

切なさを胸に彼の雄を受け入れ、互いに快感の極みを目指そうと中に収めた雄をぎゅっと締め上げた。

「うっ……」

若い彼の抑えた喘ぎに欲情が煽られる。

もう、会えない。

それならもう、悔いのないよう、甘えて甘えて甘えまくろう。その気持ちのままに僕は響一の背をきつく両脚で抱き締め、自ら腰を突き上げることでこの上ない快感を得ようと必死になっていった。

翌朝、疲れ果てて眠る響一の顔に別れを告げたときには、これでもかというほど後ろ髪を引かれていたが、まさか再び相まみえる日が来るとは思っていなかった。

歳月というものは残酷、かつ優しい。八年も経つうちに僕の中で響一の面影は失せつつあった。

まさか僕を調査対象とする『探偵』として再会することになろうとは。

できることなら誤魔化し通したかった。しかしそれには無理がありすぎる。響一ももう、軽く騙すことができる世間知らずの大学生ではない。

それでも騙し通そうとしてしまったのは——やはり、愛ゆえ、だろう。

響一が僕を覚えてくれていたことだけでも嬉しかった。しかも僕が誘うと彼は難なく行為に乗ってくれた。未だ気持ちはあるのかと思うと本当に嬉しくなった。

決して忘れていたわけではない。お互い、そんな気持ちだったのではないかと思う。

忘れることは決してできなかった。だからこそ、再会しこうも燃え上がることができる。

思いが同じというのがここまで嬉しいものとは。久々に抱き合い、思いを言葉でも身体でも告げ合ってからはもう、彼と離れられる気はしなくなった。

とはいえ、彼にとっての僕は、真実の俺ではなく偽りの姿だ。すべてに片が付いたら身分を明かし、少しの嘘もない関係を目指したい。立場上、できるかどうかはわからないが、実現に向けてはどんな努力も惜しまない。

そう決意をした割には、響一が危機に陥ってくれたおかげで——おかげ、というのもなんだが——無事に身分を明かすこともできたし、八年間の言い訳もすることができた。

ドン引きされても仕方ない。覚悟していたが幸い、彼の『好き』という気持ちはかわっていないようである。

それがどれだけ嬉しかったか。そして思わぬ『恋敵』の出現に僕がどれほど心騒いだか。

それが杞憂《きゆう》とわかってどれほど安堵したことか。同時にまるで気持ちに気づかれていない『恋敵』には同情してしまったのだが、彼のために何かをしようとは当然ながら思わなかった。それはそうだろう。敵に塩を送るような気持ち的な余裕は皆無なのだ。僕も。それだけ響一が好きだから。

『恋敵』が恋情を主張してきたら一波乱ありそうだが、今のところ彼にそのつもりはないようだ。

日本有数のヤクザの若頭だというのに、恋愛面では随分、臆病らしい。親友というポジションは恋人よりも近しい仲となれることを思うとそれを手放したくなくなる気持ちは痛いほどにわかるが、いつか爆発しないかが心配だ。

その頃にはがっちり心も身体も、摑ませてもらっているだろうが。

向こうも何年来の恋情を抱いているのはわかっているが、こちらも八年越しの思いを抱えているのだ。引くわけにはいかない。

それにしても。

八年前。響一にとっての僕は『セフレ』ではなく『恋人』だと言ってくれたことがどれだけ嬉しかったことか。

僕が『セフレ』と言ったのは単に、自身の真実を明かしていなかったのが後ろ暗かったからだった。気持ちは間違いなく彼の上にあった。やることはやっていたけれど、気持ちが伴わない行為は一つとしてなかったと断言できる。

セフレと恋人。違いは気持ちがあるかないか、ではないかと思う。

そういう意味では八年前、僕からしても響一は『恋人』だった。それを伝える機会はきっと、今後いくらでも訪れることだろう。

恋人。

気恥ずかしい響きだ。しかしこの上なく愛《いと》おしい響きでもある。

八年という歳月、ずっと思い続けてきた、と言えば嘘になる。忘れていたときもあった。

だからこそ、身体を張った潜入捜査もできたのだ。

しかしもう忘れない。身体を張るのは終わりだ。ホテルに行くようなことはすまい。さすがにできない。愛しい人がいるのに、他の男に身体を自由にさせることなど。

まあ、上層部がそれを受け入れてくれて助かった。受け入れざるを得ないだろうとは予測していたものの、実際、言質《げんち》をとれたことへの安心感たるや。

これで無事、会いに行ける。浮き立つ気持ちのまま僕は、響一のもとを訪れた。

「どうした？　仕事は？」

平日の夜、早い時間だったからか、響一がそう問いかけてくる。

「会いたくて」

「…………っ」

我ながらあざといと思いつつ、上目遣いでそう告げると、響一が息を呑んだのがわかった。愛されている。その実感がどれほど嬉しいものか。改めて自覚していた僕へと響一が腕を伸ばす。

「俺も会いたかった」

「……うん」

促されるがまま胸に抱かれ、その背を力一杯抱き締める。

「したい」

セックスが望みというよりは、お互いがお互いを『好き』と思う感情や、お互いがお互いを欲しているという実感がほしかったがゆえに告げた言葉に、響一の身体が、びく、と震えた。

意図的にぴたりと合わせた下肢。彼の雄が熱く、硬くなっていくのがわかる。勿論、僕の雄も既に形を成していた。

「薫……」

「好きなんだ」

「俺も」

『好き』も『愛してる』も、気持ちがこもっていない状況で発するときには少しのときめきも呼び起こさないものだったが、いざ気持ちが入ってみると、照れくさいほどの嬉しさを覚えてしまう。

愛しい。響一以外に『愛しい』という感情を抱いたことはない。『好き』も『愛してる』も『あなただけ』も、潜入捜査のときには何度と数え切れないくらいの回数、口にしてきた。気持ちがなかったがゆえに簡単に告げることができた。しかしその対象を得た今、軽々しく告げることはとてもできない。

「愛してる」

「薫……っ」

響一が嬉しそうな顔になり、僕をソファへと押し倒そうとする。

「愛してる」

実際、気持ちが入っていないともう言えない。逆に気持ちがあれば何度となく言いたくなる。なぜなら僕のその言葉に、愛しい人がそれは嬉しげに微笑むから。

「俺もだ」

「ねえ、したい」

気持ちは同じ。確信が持てるからこそ、誘うことができる。

「うん」

少し照れたように微笑みながら響一が体勢を整え、僕の背を抱いたまま寝室へと向かおうとする。

気持ちのこもったセックスがどれほどの快感と幸福感を齎《もたら》すか。それを教えてくれたのも響一だ、とシャツの背を摑んだ僕を、響一が見下ろし微笑んでみせる。

好きだ。愛してる。自然とそんな言葉が唇に上りそうになる。

いい歳なのに恥ずかしい。しかし恋とはそういうものだろう。しかも互いの気持ちが通じ合ったばかりなのだ。浮かれなくてどうする。

「大好き」

浮かれるままにそう告げた僕の背に回る響一の腕に力が籠《こ》もったのがわかる。

きっとベッドでも彼は僕を力強く抱き締め、心のこもった愛撫をし、そして激しく突き上げてくれるに違いない。

期待感を胸に僕は逸《はや》る気持ちゆえに心持ち早足になってしまいながら、響一に導かれるがまま、彼と共にベッドへと向かったのだった。

あとがき

はじめまして&こんにちは。愁堂れなです。

この度は八十八冊目（！　なんか縁起がいい・笑！）のルチル文庫となりました『再会したセフレは他人の愛人になってました』をお手に取ってくださり、本当にありがとうございました。

久々に『俺』一人称で書かせていただきました。刑事をある理由で辞めざるを得なくなった探偵が、八年ぶりに会ったセフレ（本人は恋人のつもりでしたが）と調査対象として再会する。八年前とまったく姿が変わらないセフレにまた誘惑されて——という、大好きな二時間サスペンス調のお話となりました。

とても楽しく書いていたので、皆様にも少しでも楽しんでいただけましたら、これほど嬉しいことはありません。

イラストの金ひかる先生、久々にご一緒させていただけて本当に嬉しかったです！

魅力溢れる薫を、これはみんな好きになっちゃうよね、という格好いい響一を、そして‼激ツボの若頭、甲斐を、本当に素敵に描いてくださり、ありがとうございました。

被害者の史郎もイケメンだし、長谷川もかっこいいし、と、イケメンパラダイス的な幸せを味わわせていただきました。

たくさんの幸せをどうもありがとうございました！

そして今回も大変お世話になりました担当様をはじめ、本書発行に携わってくださいましたすべての皆様に、この場をお借りいたしまして御礼申し上げます。

最後に何より、本書をお手に取ってくださいました皆様に御礼申し上げます。

実は……という種明かしが一つではなかった本作、皆様にお楽しみいただけていることを祈りつつ、よろしかったらお読みになられたご感想をお聞かせくださいね。

心よりお待ちしています！

ルチル文庫様からは次は書き下ろしの新作を発行していただける予定です。また、ルチルSWEET様では葉芝真己先生作画で『フェイク—警視庁極秘捜査班—』の連載も始まりました。こちらもよろしかったらどうぞご覧になってみてくださいね。

また皆様にお目にかかれますことを、切にお祈りしています。

令和二年三月吉日

愁堂れな

（公式サイト『シャインズ』http://www.r-shuhdoh.com/）

✦初出　再会したセフレは他人の愛人になってました……………書き下ろし

愁堂れな先生、金ひかる先生へのお便り、本作品に関するご意見、ご感想などは
〒151-0051 東京都渋谷区千駄ヶ谷 4-9-7
幻冬舎コミックス　ルチル文庫「再会したセフレは他人の愛人になってました」係まで。

幻冬舎ルチル文庫

再会したセフレは他人《ひと》の愛人になってました

2020年4月20日　　第1刷発行

✦著者　　愁堂れな　しゅうどう れな

✦発行人　　石原正康

✦発行元　　株式会社 幻冬舎コミックス
〒151-0051 東京都渋谷区千駄ヶ谷 4-9-7
電話 03(5411)6431［編集］

✦発売元　　株式会社 幻冬舎
〒151-0051 東京都渋谷区千駄ヶ谷 4-9-7
電話 03(5411)6222［営業］
振替 00120-8-767643

✦印刷・製本所　　中央精版印刷株式会社

✦検印廃止

ISBN978-4-344-84617-3　C0193　Printed in Japan

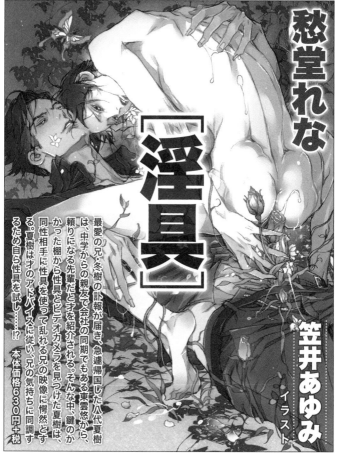

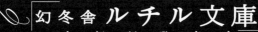

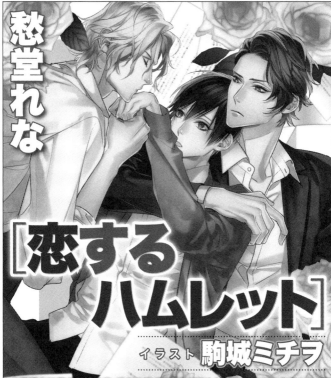